U0412162

远去的人

林贤治 / 著

復旦大學出版社

目 录

《圣地野百合》引言

一个记忆唤起千百个记忆。

——〔俄〕赫尔岑

七八年来，我常常怀想一个人。

这个人的消失使我不胜震骇。暗暗的死：不知时日，不知地点，不知死法。一个人的生命，就像一星水渍，只要用指头轻轻一拭，便全然不见了痕迹。

他是谁？

一个标本式的人物，但是，并不具备物质生命的确定形式，如福尔马林溶液浸泡过的野兔，琥珀中的蝇子，

王实味

拳卷于化石表层的蕨类那样。所谓标本，不过是一个名字，一个标签，一个可以任意充填各种不同意义的符号而已。没有人说过关于他被关押、被处决的情形，他所遭逢的命运的秘密，永远无人知晓。至于置他于死地的文字，仅寥寥的几篇短文，此外，再没有空间，也没有时间容他存放信仰、思想、人性，掘进的大脑和火焰般跳动不宁的心脏。总之，关于他，没有人确切地描述过；就连他的名字，在死后多年也无人提及，直至领袖的著作出版，才作为一条注释，被摁进庄严而深奥的汉字的夹缝里。过了若干年，他又被抠了出来，重新铸造为另一种文字：

> 王实味，男，1906年生，河南潢川县人。1926年在北京大学加入中国共产党，翌年失掉关系。1937年在开封重新入党，同年赴延安，在中央研究院文艺研究室任研究员。1942年整风时，发表了《野百合花》、《硬骨头和软骨头》等文章，受到帮助和批判。1942年10月被开除党籍，同年底因反革命托派等问题被关押。1946年结论为“反革命托派奸细分子”。1947年7月，在战争环境中被处决。
>
> ……在现在王实味的交代材料中，王对参加托派组织一事反反复复，在复查中没有查出王实味同志参

加托派组织的材料。因此，1946年定为“反革命托派奸细分子”的结论予以纠正，王在战争环境中被错误处决给予平反昭雪。

指纹清晰，依然是同一只手。

无处不在的手。强有力的手。翻云覆雨的手。

二十世纪黑暗而漫长。

在这个死亡的世纪里，我们中间每个人都可以从延绵不断的战争、亚战争、大饥荒、流行病、监禁、流放、各种运动和斗争中找到毙命的亲属、朋友、同事、相关者，负担累累，如何可能顾及一个陌生的人？况且，在合法性暴力面前，我们所有的感官都已凋萎，不但不敢发出抗议的声音，而且得强令自己闭上眼睛，呼吸迫促，害怕他人的苦痛进入内心。冷漠弥漫开来，和恐怖缠绕在一起，浓雾般包围着我们；我们看不清彼此的面相，如何可能在集体的外缘发现并同情于一个异类？看看世纪末吧，纷飞的血雨之后，鸽群栖定，谁还为广场上空的亡魂祈祷？谁曾经想到那些为失去儿子而暗暗哭泣的母亲？昨天的一场轰轰烈烈的死亡，尚且随即被遗忘如同疾风过耳，如何可能期望人们记住一个逝去已久的死者？

然而，王实味之死始终使我感到震骇。我甚至觉得，在他身后出现的所有大面积的死亡，都与他的死亡有关。

在红色政权之下，王实味不是唯一的一个，但却是第一个因言论获罪的人。严格地说，他不是一个持不同政见者。他只是一个普通的知识分子，一个诚实的人，正直的人，血气充沛的人。在我们必须为自己说话的时候，他代替我们说了，因此必须代替我们去死。

言论这东西，何以有如此大的威慑力，居然可以使中外的权势者必欲除之而后快？喜欢引经据典的学者回答时离不开语言逻各斯中心，但是，他们遗弃了一个最基本的事实，就是：自由言论是个人权利的实现。它意涵的个人性妨碍了统一，而威权，正好建立在这统一上面。一位罗马皇帝说，他希望人类只有一个脖子。理由很简单，就是便于控制，一旦要掐断它容易多了。统一意味着权力垄断，有了统一，就有了服从、集合、支配与牺牲。自由是反统一的。自由在权力之外。自由到底属于差异个体，平等也是，爱也是。真正意义上的革命，是解放个人的过程，而不是解放“全人类”。全人类是一个虚拟的大词，在现实生活中我们根本无从发现它的踪影，只看见一个又一个活动着的个人。革命作为文明的一道特殊程序，目的在于保卫个人的权利，首先是言论自由的权利，而不是设法加以扼杀。至于个人生命的价值，那是至高无上的，任何机构、政党、团体和他人，都无权以任何名义褫夺它。

然而，对王实味来说，所有这一切都被褫夺了！

革命吞噬了它的孩子。

本雅明说自己是在土星之兆下来到世间的，一生走不出忧郁；显然，王实味命随火星，才特别地富于挑战性和抗击力。星占学把土星和火星并称为大小凶星，结果一个自杀，一个他杀，两颗不同方位的星辰几乎同时在同一道深渊中陨落。难道这就叫命运吗？

事实上，王实味无法抵御血与火的蛊惑，正如他无法除掉身上的可燃性物质一样。当夜气如磐，烽烟突起，大地垂危，这个天生的反抗者，他不能不皈依一个庞大的红色族群，从此陷身于悖论式生存而无力自拔。

太阳高悬的地方是看不见星芒的。发亮的天体都是太阳的反光。如果遁着规定的轨道运行，王实味有可能平稳地走完一生，而不致出现后来的悲剧性转折。然而，他根本无视太阳的存在。在他那里，革命本来便是个体的事，因此他只管拼命地燃烧自己，直到烧完。

现在看来，理想必定含有一种类似大麻的性质。它使王实味在持久的自我迷幻中成为侠义英雄，像发疯的老骑士唐吉诃德那样：铲除不公的现象，解放卑屈的灵魂……但是，他不知道，革命在不断生成新秩序，一面瓦解传统一面复制传统；革命既是功能，同时又是实体，是组织本身。革命是不容许内部存在更为革命的事物的。冲突发生了。革命要求每个人成为齿轮和螺丝钉，工具和武器，王实味拒绝这样做，他要做一个人。革命要求听从同一个号令，王实味听从的，惟是内心的声音。革命要求摧毁个人的独立王国，而王实味护卫自我的尊严如同生命，把灵魂高扬起来当作旗帜挥舞，至死不肯放弃脚下的城堡。《圣经》说：十个人可以拯救一座城。然而只有一个人，只有一个，这座城可以因懦怯和侥幸而免于沦陷吗？当王实味一个人呼叫着站起来的时候，不但得不到同类的响应，反而遭到猛烈的诅咒和锐利的嘲笑。他们指着他，推他，吐他，按他的头，给他戴荆棘做的帽子：一顶、两顶、三顶，就像以色列人对付耶稣那样。在通往各各他的路上，犹有一个西门给背沉重的十字架，谁替王实味背呢？

——以罗伊，以罗伊，拉马撒巴各大尼？！

王实味没有上帝。谁也没有。没有人与他同在，所有人都像逃避瘟疫一样弃他而去……

总之，王实味死了，而我们活着，——这就是历史。

把王实味送上祭坛以后，我们的灾难并不曾因此得到禳解。恰恰是，献祭成了一个恶兆，死亡不是结束而是开始。

死亡是自由权利的死亡，它使世界上所有属于人类的珍贵的东西，随之委地以尽。当指鹿为马成为阳光下的事实，知识和真理有什么意义？当背德者、变节者、告密者像蝗虫一样繁殖，有哪一个正常的人可以信守自己而无动于衷？当知识精英早已变得像死鱼般地随波逐流，谁还敢做一条活鱼逆流而上？当一个人的肉体可以随时消灭于无形，此后的割喉管之类，还算得上什么特别新奇的玩艺呢！

一代又一代的死者淤积起来，犹如腐败的水草，时间呼啸着流过，遗忘将深深地淹没他们……

假如没有纽伦堡审判，奥斯威辛，这个小地方很可能不为人知。当它一旦变得跟波兰首府一样闻名遐迩时，上百万被现代化系统处理掉的犹太人，已经能够归家一般地，从死寂和虚空中一个个来到纪念馆里、墓园里、银幕里、教科书里，来到传统节日中间，而为幸存者和他们的子孙所铭记。一个伟大的民族，记忆是如此顽强。死者因生者的记忆而恢复了尊严，生者因对死者的记忆而唤起未泯的良知、信念和残存的勇气。对人类来说，记忆跟现实生存一样重要。惟有个体的记忆，才能使许多流行在宫廷和经院里的概念浮现出可憎的形相，才能使过去和未来经由生者与死者的日常性对话而生动地连接起来，才能把历史从暴君、独裁者、僭主、权势集团那里拯救出来，像面包一样成为可分享的历史，真实的历史，活的历史。

可是，我们一直为那只熟悉的大手所摆布。掌纹就是道路。攥紧的拳头松开，所有关节的地方一样无懈可击，漏光的缝隙全都堵死，甚至成为组织中最为坚固的部分。我们无法穿越历史。没有审判日，也没有纪念日。已有的审判都是荒诞剧，正义从不在场，罪恶长期缺席；法定的纪念，也只是把隆重的礼仪献给伟大的征服者，以及与此相关的集体性事件而已，跟死难者个体无关。世界上，有哪一个海盗会拿手中的火枪劫掠自己？

亡魂的等待是徒然的。浩大的呼唤、哀号和悲泣终于渐行渐远，不复使我们动心。禁止和诱惑深入肉身，有如暗器，使我们深受伤害而浑然无觉，欣欣然追逐时尚的快乐而自以为幸福。

而我，作为“文化大革命”的受害者，一直为时代的阴影所笼罩。只要存留一点自由的渴念，一个人，便无法承受任何一种形式的奴役；这种屈辱带给内心的折磨是长久的，不可能因时间的流逝而消除。虽则，我可以因未曾出卖他人而稍自宽慰，但是不可原宥的是，我不只一次地出卖自己，践踏自己，孤单而卑贱地活着。那时候，所有的日子都用来计算安全，不测的预感总是使人心跳加剧。每当压迫来临，最大的勇气惟是辩护自己的无辜，最大的愿望只待风暴尽快结束；整个过程放弃了抵抗，不必说针锋相对的言词，更不必说过激的行动，连腹诽也没有。目睹了他人被无端地推进陷阱，即使不曾扔过一个小石子，难道便可以因此坦言自己的双手是洁净的吗？当人们的社会身份最后只剩下害与被害两类，谁还有资格自命为“逍遥派”？

关于德国的浩劫，德国知识分子做了一个简直带恐吓性的结论：全体国民都是有罪的。理由是，邪恶势力从开始抬头到横行无阻，从来不曾遭到国内的抵抗。忏悔呢，还是不忏悔？政府总理勃兰特在全世界面前做了一个堪称经典的下跪动作。我国历史上没有这样的动作图式，我们从来是向政府下跪的。

有关忏悔问题，报章似乎一度很认真地吵闹过。其实，忏悔并非什么了不起的事情，对于自觉有罪的人来说，它只是一种自我抚慰，目的在获得灵魂的安宁而已。

当我回首往事的时候，就常常为当年的懦怯感到沮丧。不正是由于亿万人的奴性的存在，才成就了权力意志的接连胜利，致使早经形成的败局愈陷愈深吗？作为社会的一个分子，无论如何是逃不掉罪责的。我私下里祈求，能为自己找到一种合适的救赎方式，糟糕的是直到今天，仍然无法让自己变得勇敢起来。假如选择写作，如何可能做出剑气冲天的檄文，让魑魅魍魉应声倒地；惟有平实地记录我所经过的人生，一个时代的悲剧性的事实，为历史作证。如果这也是一种抵抗的话，就算是抵抗遗忘罢。

震悚于王实味事件之余，我赫然发现：我和我的同时代人，原来都是王实味的复制品，他的故事，已然包含了我们命运中的全部秘密。这个发现对我个人来说非比寻常，它暗示，一部书和一个人相契合的可能性，在我这里成了一件必须完成的工作。

从此，我的所有关于悔罪与报复的思绪，都奔赴到了王实味周围，犹如大风暴前夕的船只纷纷驶入船坞。

从罗布泊的死亡之海中勘测古楼兰的遗址，从火山灰堆的深处发掘并修复一整座庞贝城，这些考古工作者，仅仅出于从人类童年维持下来的求知的热情，便如此地全力以赴，确实是很可佩服的。然而，他们使用的铁锨、鹤嘴镐、捞网之类于我毫无用处，就连福柯的“知识考古学”，也并不完全适用于我，——因为我发掘的是一个人。对人来说，除了故址、器物，包括文件、档案、供词与证词等等之外，还有梦想与梦魇，以及看不见的阴谋、密令和耳语，都是构成存在之链的必要环节。这中间的许多断裂、缺口、大大小小的空洞，不是凭着专业技术可以修复的，尤其是精神空间，需要大胆的猜想去填补。学者是鄙夷猜想的。他们要的是实证，但当实证一旦给拿掉，便只好老老实实交白卷。

权势者居然不如我们的学者的自信。他们生杀予夺，无所忌惮，却暗暗怀了别一副心思。譬如杀了人，不忘把相关者给毁掉，变成活哑巴，或者干脆也杀掉，即所谓“灭口”。再就是制造伪证，这还不放心，还要把谎言意识形态化，灌输，集训，“洗澡”，毒化天下人的神经，使之失去怀疑、猜测的能力，失去任何想象力。他们所以特别忌恨知识分子，就因为知识分子不安分，总是喜欢猜想。

王实味的消失是必然的。有关王实味的实证的消失，也是必然的。

我曾到过延安，到过兴县，试图寻找王实味最后的踪迹。当年漫山美丽的野百合花已经不可得见，凡是王实味呆过的建筑物，也凑巧一处不存，包括传说中的古怪而幽深的监狱；至于秘密处决的地点，更是无从查考了。延河两岸闪闪熠熠的霓虹灯和兴县逶迤千里的灰扑扑的山梁，以不同的形态穿过时间，使我从中深味了王实味生前死后的寂寞。而今，王实味的同时代人亦已陆续散去，面世的几篇回忆性文字，几乎全是批斗和审讯王实味的人所写，留不下一点朋友的记念。可以推断，他根本没有堪称可靠的朋友。斗争使世界变得多么明朗呵！于是我被告知：在中国，要了解现代人，比了解古人要困难得多。

由此，我不禁想起威塞尔对人们热衷于谈论大屠杀历史所作的恳求："无视他们，不要说起他们，给他们一些安宁吧！"

显然，这个从奥斯威辛集中营里逃生的幸存者，对广大没有经历过他们一样的苦痛的人们表示了极端的不信任态度。他有理由拒绝我们。正如他所忧虑的，我们确实永远不可能获得他们听到死神大声咆哮时的感觉，永远无法穿透他们，幸存者和死难者的幽闭的宇宙。但是，只要怀着对生命的敬畏，怀着同为人类的情感，怀着羞耻、恐惧和颤栗去接近他们，我们仍然有可能恢复部分的事实真相；假如习惯性地继续保持缄默，那么，我们失去的将是全部！

在一定的意义上说，其实我也是一个幸存者，来自无名的集中营，虽然所身受的苦难比起别的许多人来要轻微得多。因此，当王实味透过留在世间的唯一的一张照片注视我时，我无力承受，但也不愿回避。我所以决意举手——我的手是如此单弱——执笔如执堂吉诃德的长矛，不自量力地挑战风车，做无辜的牺牲者的守护人，是因为我不想背弃我的时代；在这里，不但有王实味的血的腥气，也有我的创伤，我的记忆。

2005年7月1日

重印《中国文字狱》，兼怀王业霖先生

日前想到重印《中国文字狱》，不免联想起作者王业霖先生。王先生精研文史，勤于笔耕，平生著作仅此一种；出版之际，武侠言情小说汤汤乎如溃堤之水，此书印数亦仅三千册罢了。无论书和人，存活在这世间，都寂寥得很。

1984年夏天，参与编辑的《青年诗坛》杂志已经完结，我被调至《历史文学》编辑部，同古人打起交道来。开首的工作是清理积稿。在大叠大叠的稿件中，偶然间发现一个短篇《太白墓钩沉》，实在教我感到惊喜。小说的文字堪称一流，难得有个性，有寄托，富于才思。编辑部同仁也都公认它为优秀之作，杂志出来时上了封面的要目。正是这不足五千字的小说，让我记住了王先生的名

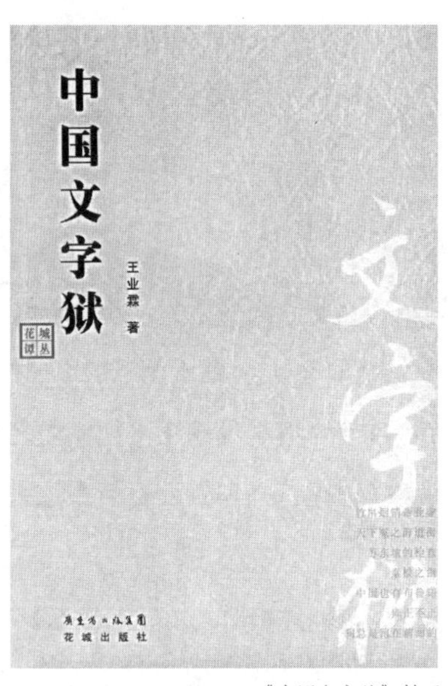

《中国文字狱》封面

字。我开始写信向他约稿，他答允为杂志写一个中篇；大约因了我的询问，回信中相当详细地介绍了他的境况。1964年，他在大学中文系毕业，随即分配到了安徽省当涂县——李白墓所在之地——做中学教师，不久调至县文化馆当馆员。他的妻子在芜湖市任教职，然而长达十多年一直分居两地，多次搞调动都没有成功。生活的清苦与过分的压抑，使他积下一个致命的疾病，就是慢性肝炎。信中调子低沉，我明白了他写死去一千多年的李白，何以那般的情辞悱恻了；展读时，记起杜甫怀李白的诗："文章憎命达，魑魅喜人过"，不禁黯然。

不久中篇也寄来了，写宋代一桩与大文学家苏轼相关的文字狱——"乌台诗案"，文字果然是好。我把它编作头条，然而，由于发行方面的原因，校样刚刚出来便接到通知，说是刊物不印了。我十分沮丧，捡了一份校样寄给王先生，内心愧疚无已。

但因此，我对王先生的文史修养有了进一步的了解。几年过后，在我可以独立主持一个编辑室工作的时候，特别约请王先生为我室编辑的《八方丛书》撰写了其中一种，就是这部《中国文字狱》。

书出版后，我离开了出版社，全然绊倒在一个报社的事务之网里。其间，彼此相忘于泥涂，不复闻问。直到得到一笔义款，办起了《散文与人》，我才再次见到王先生的文章。他先后给我寄过几次稿子，共发表三篇；记得其中一篇，是从人文地理的角度质疑余秋雨先生的。当时，《文化苦旅》红极一时，不少名家为之鼓吹，没有人如此严正地施与批评，由此，我不禁对王先生肃然而起敬意。无奈凡我办的刊物和丛书都不长久，《散文与人》做到第七辑，就又接获通知不再往下编辑了。这样，我们之间仅凭采约文稿而建立的关系，复因文稿的废弃而中断了。

人事匆匆。不编书刊，是实在不曾想到过王先生的。不意在一个雨天，收到他千里迢迢托人从芜湖给我带来的一纸横幅，始知他已经离开了当涂，在市里的一个叫“政协”的地方工作。字幅由隶书写成，落款用行草，极其脱俗，使我立刻想起“冉冉孤生竹”、“磊磊涧中石”一类的古典句子。所书是邓拓先生的一首七绝，记得其中两句是：

天涯何处觅知音？
一卷离骚到处吟。

可惜我没有那种名士般的雅兴，字没有装裱，连同高尔泰先生出国前寄赠的一幅钟馗舞剑图，都被我一并藏入书柜的某一个角落里。王先生或许想象过我会在厅堂里挂起它来的罢？前些时候忽然忆及，却遍找不见，懊恼极了。莫不是愈是珍希的物事，愈是容易丧失么！

相隔不久，接到合肥朋友沈小兰女士的电话，报告是：王先生病故了。

我长久陷于无语。消息过于突然。我没有接着查问王先生生前的病况，以及身后其他种种，因为这一切在我当时看来都没有了意义。我曾经关注过的，事实上能够关注的，亦不过是他的文字而已！

前些天，为要重版王先生的书，才辗转找到并通知了他的夫人。电话交谈间，打听得王先生是死于肝硬化，死于肝炎的一种延长，死于抑郁的。王夫人告诉我，王先生整理了两部书稿，临终前托付给她。然而，一个退休女教师，有什么能耐可以顺利地推出——姑且借用时下出版界的一个常用词——一个已故的非名人的文集？七八年过去，书稿只好这么搁着，而且恐怕还得继续这么搁下去，就当是王先生留给家人，乃致世人的一份关于生活的证词罢。

“千古文章未尽才”。我为王先生未能在生前施展他的抱负和才识深感痛惜。就说眼下的这部《中国文字狱》，字数不多，却是提纲挈领，脉络清楚，历史上的大关节都说到了。在这之前，还没有一部用了现代语言，横越两千年的时间跨度缕述中国文字狱历史的。黄裳先生的《笔祸史谈丛》，一经出版，即誉满天下。同为文祸史，黄著限于清史，且是单篇结集，不像《中国文字狱》这般系统，贯穿始终。黄著是学者的文字，讲究出典，作风谨严；王著删繁就简，深入浅出，但也并非演义式的信口开河，而是渊源有自的。黄著惟以事实说话，王著则是论从史出，时作褒贬，喜怒形于色，自是别具风味。

王先生的书排版在即，取“剑悬空垅”的古意，写下如上一点随感，就此权当序文罢。

2006年10月23日

怀念耿庸先生

雪落在中国的土地上。

时值岁暮，雪灾的消息，有如大雪般覆盖每天的报纸。然而，即使冰雪塞途，列车停发，电力中断，满城烛光，人们仍然忙于营造节庆气氛，在黑暗中期望看到荧屏中的“春晚”。我们的人民是喜剧性的人民，何况遇上春节，热闹自然是少不了的。

就在这熙熙攘攘预备祝福的时刻，有一个人悄然走了。

耿庸先生去世的消息，最早是萧玉英医生告诉我的。

1988年春节前后，正是在人民北路萧医生的家里，我陪孙钿先生，一同拜见了偕同路莘女士刚从上海南来的耿

耿庸

庸先生。此前，拙著《人间鲁迅》出版时，曾给上海方面寄出三册，收件人是“胡风反革命分子”，我所敬重的三位长者，他们是：贾植芳先生、何满子先生，再就是耿庸先生。在他们的文字中，我获得一种确信，认定他们的身上存留着鲁迅的骨头和血脉。见过耿庸先生，我欣喜于我的判断没有出错。

钦定“胡风集团案”发生后，耿庸先生便一直在牢狱里生活，时间长达十一年之久。夫人王皓，在两年后的反右运动中跳江自杀，当时的说法叫“自绝于人民”。遗下三个孩子，在一个举目无亲、充满敌意与冷漠的世界里如何过活呢？可以想见，当时整个家庭所担受的苦难，以及加之于耿庸先生的精神上的痛楚。几十年沧桑，留下一头银发，满脸皱褶，可是，他那儒雅的风度却掩盖了这所有一切，乍见之下，丝毫觉察不到灾厄的痕迹。他严肃，庄重，说话却是随意的，机敏而幽默。说时，他一面抽烟，一面透过眼镜片定睛看你，你可以感觉到他对问题的专注。对于世事，常有犀利的批评，说到激烈的时候，他会睁圆了眼睛，像是与人争辩的样子。但是，更多的时候，他是常常微笑着的，流露着诚恳、友善、温厚，有时说着说着，还会像孩子一样，被自己的话头惹得咯咯地大笑起来……

孙钿先生和他一样，同属“胡风集团案”的要犯，蹲过监狱，干过苦役般的重活，相聚的机会于他们来说是极为珍贵的。我虽系初识，毕竟有过赠书的前缘，所以，大家一起谈话也就无须太避忌，感觉是愉快的。

此后，我常常一个人去看望耿庸先生。他后来从萧医生家里搬出，和李晴先生在达道路合租了一幢小洋房，我仍旧是那里的常客。

那时，李晴先生在一家出版社任职，计划出版我的一部诗集。我约请耿庸先生为集子作序，一来看重先生的道德文章，二来，也想给这段往来的日子做个纪念。

序文很快写好了。

意外的是，我喜欢的几首抒情诗并不为他所欣赏，倒是明白表示喜爱《贝多芬》和集中的几首长诗，说是这些诗引发了他的“别样的感应”。他特别称引了叙说司马迁的《蚕室之一夜》中的两段，其中一段的开头是：

> 一千次思考只为一次选择
> 我选择了苟活
> 而不是庄周式的永生……

仅为评说一首诗，就费去了数页稿纸，关键词就是这“苟活”。他是一个坐过囚室的人，深感不自由的苦痛，难怪司马迁的古魂灵，会让他这么心意难平。只是，他并没有陷没在历史的悲剧里，在文中引了“士可杀而不可辱”一语，指出：“正直、正义、正派的士即知识分子”即使被不免神经衰弱的帝王式人物置于不是死就是活着受辱的境地，始终怀着“无可旁贷”的使命感。但因此，生命也更有光彩。

耿庸先生是我见过的人中最有尊严的人。

我们见面无所不谈，包括臧否人物。耿庸先生在后来写成的著作《未完的人生大杂文》中，记下不少跟他有过关系的人，当然也有好些未及记，或不能记的。在他谈及的人物中，我印象最深的有两个人，就是周扬和张中晓。

对于周扬，我们都不抱好感。耿庸先生说了两件事。一件发生在1979年召开的第四次文代会上，周扬在作大会报告，当说到“社会主义文艺的春天”时，萧军从后排站了起来，高声喊道：“周扬同志的春天，就是我的冬天！”记得耿庸先生说完，当即开怀大笑。他对萧军的这种近于莽撞的行为，是颇为赞赏的。

还有一件事是，在中国作协第四次代表大会的开幕式上，主持人宣读了周扬在医院打来的祝贺电话，全场鼓掌长达数分钟。随后，由一班中青年作家起草了一封致周扬的慰问信，悬挂在会议大厅里，让众代表签名。有站着签的，有蹲着签的，因为人数太多，原信纸又太短，就又找来白纸续了上去，以致拖到地上；那结果，弄得后来签名的人只好跪着趴着写字了。耿庸先生说到这里，又咯咯地笑，到最后，用了很有点骄傲的口气说："全会场只有我一个人没有签名！"

至于对张中晓的态度就大两样了。

我曾多次听他说起张中晓，称赞张中晓的明敏多思，以及为常人少有的批判的勇气。说到张中晓和他在新文艺出版社同一个编辑室里面对面办公的情景时，总是极力回忆着各种细节，有一种沉湎于其中的深情。赞叹，惋惜，缅怀，哀痛，沉默无语，或竟泪花闪烁，神情显得很复杂。说到往事，我发现，耿庸先生的记忆力好得惊人，描述起来，历历如在眼前。引述书本的东西也如此。与其说这是一种天禀，无宁说是长期的牢狱生活对一个人的自由意志的锻炼和考验。他是看重经验的。几十年来，想必他一直在顽强地对抗遗忘。后来，读到他的一篇自述文字，说及他和张中晓分住隔壁的囚室，听到张中晓吐血之后轻叫着"报告"的声音，隔着牢门而无法前去救助的自责的话，实在教人感动。

他在出狱之后，一直打听张中晓的下落，曾试寄一张《解放日报》给在绍兴下关邮局的张中晓的父亲转交，希望张中晓看到笔迹会回应他的无声的寻唤。这个希望，终于在“文革”初期从“外调”人员口中得知张中晓的死讯而彻底破灭。他写道：“然而三十多年来依然是二十六岁的中晓时常地显现在我的眼面前。”这样的患难交情，非是一般文人的惺惺相惜可以比拟。

在“胡风骨干分子”中，毛泽东最重视的就是最年轻的张中晓。对此，耿庸先生曾经表示过相同的意见。半个世纪来，确实还不曾有人像张中晓这样，反对把《讲话》当作“图腾”。这个十八九岁就得了肺病，且被切去五根肋骨的“反革命”，获释后仍一面失业、挨饿、咯血，一面不停顿地阅读和思考，堪称“韧战”。他把他的反专制主义的思想断续地记录到拍纸簿上，火柴盒上，废纸片上。死后由他的家人送给何满子先生保存，最终由路莘女士整理成册，名《无梦楼随笔》。我有幸最早读过稿本，并对全稿做了摘录，然后重新编序，发表在《散文与人》丛刊第一集上。

张中晓的书信，也是由路莘女士设法出版的。出版前，在北京晓风家里看到这些书信，借阅了一夜晚，感觉其中的锋芒，并不稍逊于随笔。我拟选出几通，登到《散文与人》上，晓风的意见是由路莘女士作注后再交我刊用，只好作罢。这些书信后来印了出来，不过并没有注释；印象中，有个别信件似乎也没有收进去。也许是言辞过于锋利，尤其涉及个人的批评，编者觉得有必要为尊者讳，或者为死者讳的罢。

耿庸先生是执拗的。

这种性格的人，一旦同所追求的真理，或所坚持的信念结合起来，就变得非常刚硬，坚不可摧。当然，执著于真理和信念，已经成了上一代人的事，到了我们这一代，几乎全数沦为实利主义者了。倘若仍旧套用"真理"一类的词，那么，也即等同于霸权话语，等同于权力、财富、声名，等同于主流、时尚的东西。有谁要是独行其是，使用熟习的理论或工具，一定要被讥为保守主义者、落伍者、等待被抛弃的人。

我曾经同一位上海的青年学者谈到过耿庸先生，结论果然是"老派"。这是无可如何的事。从根本上说，中国还停留在前现代阶段，而后现代的理论已经大行其道了。对耿庸先生来说，中国是仍然需要"启蒙"的，这启蒙就是前现代话语，当然要被后现代理论家看了笑话。文学理论也如此。耿庸先生大谈其“现实主义”，说得浅显一点，即鲁迅说的“睁了眼看”，明显是针对中国文学的“瞒和骗”的传统的。他和何满子先生所作的“文学对话”，也都重在现实主义的本质的阐发。然而，这在满嘴“现代性”的学者看来，还不是土得掉碴了吗？

使用什么样的理论、概念和语词，在耿庸先生是作过严密的思考和慎重的选择的。他的文风，从来不肯随俗，喜欢使用长句子，让不少习惯于抄近路的人看了感到别扭。只要打量一下就知道，那其中的逻辑是极其邃密的；而内含的诗意，更不是一般的理论家和批评家所有的了。

究其实，他倒是一个喜欢“咬文嚼字”的人。比如，他在文章中说的“被做成‘胡风反革命分子’”，这个“做”字，我就没有见过第二个人如此用过。对于建国后的第一起文字狱，用“做”字来表现是极为准确、生动，而又意味深长的。有一次，他同我讨论到拙文《五四之魂》的部分内容时，电话那头突然蹦出一个“激退”的词，让我敬服之至。鉴于五四新文化运动被蒙覆 “激进主义”的谥号而被攻讦，用“激退”形容这些论客的本质，实在说得上一以当十。后来，我将此文印制成书，即采用了他的提示，将“激退”一词加入相关的段落中。

突出的，还有对八十年代的一个流行词“反思”的态度。他是拒绝使用“反思”的，说时，还语带讥讽。当时听起来，不免觉得太拘泥了点；后来觉得，对于一个本质主义者来说，他的反对是有根据的。正如“反理性”一词，孤立来看，似无可挑剔，甚至大有先锋派头，倘用于未经理性训练的民族或人群，则大谬不然了。又如，在没有自由，或自由并不充分的国度，“反自由化”也是极其荒谬而且有害的。“反思”始于“思”，倘若连起码的政治常识都不具备，连正常的思考力也丧失掉，“反思”将从何谈起？

然而，耿庸先生的朋友竞相 “反思”起来了，他能不为所动吗？

也许由于长时期地被禁锢和被隔离，他不害怕孤立。他忠实于自己。他固然不想做鲁迅描写过的那种脖子上挂着小铃铎的领头羊，但也不想昏昏然混杂在羊群之中。

他不阿世。

1989年初夏，我和耿庸先生、路莘女士一起，赴武汉参加首届胡风文艺思想座谈会。

与会者中有大批的“胡风分子”。据我所知，他们劫后的第一次聚会，是在胡风先生的追悼会上，这次座谈会当是第二次了。我发现：“反革命集团”的莫须有的罪名，非但不曾使他们互相规避和疏远，反倒增进了当年的“钦犯”之间的一种集体情谊。他们相见时那么热烈、亲切，真像是一个大家庭；连对文学的认识，以及为之献身的热忱，都是那么相似！

会议期间，阴云密布，闷雷轰鸣，却又欲雨不雨。盛夏未至却是无比酷热，这种气候，我是从来未曾遇到过的。午间，呆在房间里实在窒息难耐，便一个人遛了出来。

在大厅里，恰好遇见耿庸先生。

前些天，他和朋友们在一起，显得那么忙碌而愉快，奇怪的是，此时神色凝重，一副心事重重的样子。他匆匆说道，他有事，得去开一个小会。我觉得，他的话间很有点神秘的意味。后来见到他，人变得沮丧起来，不再如先前般的活跃了。再后来，我们都已经回到了广州，他告诉我说：当时一帮人商议要建一座通天塔的，结果意见不一致，这塔也就建不成了……

从此，他对“集团”中人产生了一些新的看法。武汉之行，在他的乖舛的人生中又当增添了若干未曾经验的经验的罢。

看到了裂痕，又顾惜“同袍之谊”，耿庸先生这种近于矛盾的心态，不禁使我联想起鲁迅在“左联”解散前后的情形。他不满“左联”，却又极力维护“左联”的存在。这是一种苦境。他说：“细嚼黄连而不皱眉”，这种味道，大约是只有一个人自己知道的。

一年多以后，耿庸先生和路莘女士一同返回了上海。

我们仍然保持着多年的通信和电话联系。自“文革”开始以后，我一直害怕写日记和存放朋友的信件，耿庸先生的来信，仅存1991年1月15日的一封，是因为开头自白有关健康的态度问题，曾经感动过我的缘故。

普通信封，信纸用的是上海市群众艺术馆的稿纸，背面是印了字的，两页纸都用手裁掉了一小截，露出粗糙的毛边。耿庸先生是患有慢性支气管炎的，有一段时间很严重，像是住进医院里了。可能我曾在信中劝他珍惜身体，练习气功，所以他写信一上来就答复说：

> 气功也许比流行歌曲强一些，我也不想学。道教是“国教”，上海年前成立了协会而且恢复了沉湮久矣的道观（这在全国可能是率先的），于我则毫无吸引力。懂得中国人独不憎道士者，懂得中国大半——鲁迅此语足以令现代中国人感慨系之……

鲁迅说他佩服孙中山，并非因为孙中山革命的缘故，而是因为作为西医出身的他，病重至死也一直坚持不吃中药。这里关系到一个信仰问题。信仰讲究彻底，讲究始终如一。耿庸先生也是一个有信仰的人。在我看来，他是中国少有的坚定的西方化知识分子之一。因为憎恶“国粹”，所以连同国粹有关的所有东西都要遭到他的唾弃，那怕这些东西会给他个人的肉身生命带来实际上的好处。

《散文与人》停办以后，我还曾编过几种丛刊，但都接连的无疾而终。因为少了约稿的事，我和耿庸先生后来的联系便少了。前年与何满子先生通电话，何先生告诉我，耿庸先生得了脑梗阻，麻烦得很。随后，我还是给耿庸先生去了一个电话，但听起来，头脑是清楚的，声音也一如从前，这多少给了我一点慰安。

十月份到上海参加一个会议，原意多留两天，顺便看望一下耿庸先生和别的几位老人，结果提前赶回了广州，留下永久的愧憾。

如果可能，惟愿编辑出版一部耿庸先生的遗著。在我，这并非出于私谊而已。无论忆述、杂文、评论，他的文字都是有温度，而且有深度的，见证了作为一个知识分子作家的良知，人格，爱，和神圣的仇恨。只要世间还有黑暗，还有鬼魅，战士之书就不至于沦为文献，虽然文献是学者所宝贵的。

一个人来到世上，生命中的黄金时代被劫夺了，丧失了自由、幸福，以至写作的权利；即使留给他一点有限的残年，也简直来不及恢复，——实际上他已经加快了脚步向前走，然而没走上几步，一生就这样完结了！

今夜，听着窗外零星的爆竹声响和更广大无边的寂静，除了感慨，我还能说些什么！

2008年2月　大年三十至正月初三

纪念何满子先生

何满子先生逝世的消息传来，使我深感哀痛。

作为一位文章家、文艺理论家、古小说研究专家、教育家和编辑家，他的逝去，对于许多相关的领域来说，都是不可弥补的损失。但是，有一种损失是超乎这一切之上的，那就是作为精神界战士的亡失。

何先生以战士现身，可以说是近三十年间事。毛泽东词云："安得倚天抽宝剑，把汝裁为三截。"作为"胡风分子"及"右派分子"的双料贱民身份，何先生恰恰是一生被"裁"为"三截"的人。他自叙说："从成年到投老的人生跋涉，曲曲折折地经历了流亡、牢狱、播迁、劳役等种种屈辱和艰辛，虽不惊天动地，确也死去活来。倘若在承平年代，这样的经历庶几也只有英雄人物才能承担，

何满子

但时代偏让我这个平凡人挨上了。”九死一生，这其中确实带有某种英雄主义的悲壮意味。然而，许多和何先生一样挣扎着活了过来的知识分子到后来都纷纷表示不念“旧恶”，主张“宽容”，做出极其温和豁达的样子来了。果真生活在一个没有阴翳、和谐圆融的世界里，确乎是幸福的事，可惜何先生不能，因为他实在无法摆脱苦难记忆的重压。于是，我们看见他每每为文，都要披坚执锐，如赴疆场一般。这种堂吉诃德的架式，在我们的学者之流看来，未免觉得太可恶——那简直是“蛮性遗留”了！

何先生从来不曾拿苦难作为一种资本来炫耀，但也不讳言个人的遭遇和怨愤。对于他，苦痛的经验，已然训练出敏锐的痛觉，直抵体制的核心。他善于察见鬼魅，勇于挑战强势，唯是没有耐性或竟不肯作“壕堑战”，往往孤军深入而不惮于短兵相接。

何先生一生树敌不少，却不见有什么“私敌”；大约舒芜算得上唯一的一个，事实上仍然同那场著名的文字狱有关。他坦言道：“对受难者，对社会公德，对历史都有不能不担承的良心和责任。”何谓战士？战士就是为社会而战的人。作为战士，他的思想观念中必定具有一种普世性的东西，我们称之为普世价值。譬如自由、民主、人权、社会正义等等，都是其中的内容，为现代人所普遍认同的。当然，当今世界也会有连“普世价值”一词竟遭到否弃的时候；但这也无妨，历史的进步本来便是由斗争换取的，不然要战士干什么呢？

从青年时代任新闻记者开始，何先生便投身于争自由、争民主的斗争，结果罹身罗网；挣脱之后，仍旧为争取自由民主而斗争，可谓“虽九死其犹未悔”。不过，何先生似乎未曾使用过今天已经变得很流行的“普世价值”一词，而变换了一个颇中国化的用语，就是“五四新人文精神”。不问而知，“五四”首倡自由民主科学，本身便意味着对传统价值的反叛和对现代价值的接受。至于“新人文”，显然是相对于“旧人文”而言的。在何先生看来，“旧人文”大约指儒家的“仁”的思想，民贵君轻的思想，但这些都是必须合乎“王道”的。所以，他在一篇关于文学史的论文中，创造性地提出人民中心（主流）与权力中心（主流）相对立的命题，并认为是历史的一个“大纲”。这个说法，与鲁迅的著名的“循环”说颇相近，即：中国历史是“想做奴隶而不得的时代”和“暂时做稳了奴隶的时代”的循环。

“人民”一词，由于长期被滥用，至上世纪八九十年代以后，已被聪明的学者用“公民”所取代，至于“公民社会”形成与否是大可不必计较的。在这里，何先生坚持使用“人民”这个政治学概念，而不用“公民”这个宪法学概念，相对于国家权力，其意当在明确“五四”人文精神的历史主体的罢？

总之，在满嘴“后现代”“反启蒙”的学者眼里，何先生是一个“保守主义者”是无疑的了。只是，他所保守的，是“五四新人文精神”，自由民主科学的核心价值，而且随时随处加以捍卫，而不许有任何玷污和损害。不同于权门之下的善变的学者，藉口“反思五四”，对“激进主义”大加挞伐。其实，“五四”式的激进主义是自由民主的一种形态，一种足以引发专制帝国为之震荡不安的社会运动的形态——此等“反思”，无非暴露反思者的叶公本相而已。

战士是现实中的战士。

作为杂感家，何先生出版过十余种杂感集，都是现实中的抗争，称得上鲁迅说的“感应的神经，攻守的手足”。反专制，反迷信，反特权，反腐败，反奴性，自始至终贯彻他的“大纲”，锋芒直指权力和权力者。较为直接的，有如议论陈希同案一类时评，更多的是针砭社会痼疾，所以常常借历史、民俗、艺文之事生发，但最后一样回到现实政治中来。

他有一篇很机警的文章，叫《“下文”缺乏“上文”也缺乏》，立意在于提醒读者，面对社会事件时，必须注重所由发生的制度根源。他的杂感，从来不像我们高贵的学者那般做出“客观”的姿态，而是发扬踔厉，非表现他的主观倾向和基本立场不可。正值举国大做建国六十周年纪念之际，不妨回头看看何先生的一段总结：

> 建国以后的头等重大灾祸共四次：胡风案，反右，“大跃进”，“文革”。前三次也提得上“史无前例”的定语。至于内部的什么路线斗争，你整我我整你之类，虽也闹得很凶，权要失势，元戎落马的事也时有所闻，但老百姓管不着。而这四次“史无前例”的灾祸，却是延祸于老百姓，有的叫千万人妻离子散，家破人亡，有的则闹得全民没饭吃，饿殍遍野；最后一次几乎是以民族为赌注，想起来至今犹有后怕的。

何先生讲文学理论，常常讲“人民性”，这里他拿出了最好的例子。在朝在野，了了分明，令人想起元人张养浩的《山坡羊》。

去年，我重印了何先生的一种读史随笔《中古文人风采》，记得读后记时，很受震动。他这样写道：

> 在《魏晋清谈人物剪影》将要完篇之时，已是八十年代的最后一年。在赶写这最后部分的文字时，我想到中国知识精英最早的灾厄，东汉党锢的历史。那是中国读书人群体意识最早觉醒的一役，而且汉末的清议名士和魏晋的清谈名士虽然性质和倾向不同，却有其微妙的传承关系。我因意外的刺激搁下了魏晋清谈，改而写汉末清议。

感时而发，一如他所说，“不以学识为务”。从这里可以看出，何先生之为人，为文，确有一种侠义风格，与一般的文人学士是很两样的。

在诸多社会事象中，何先生似乎更为关注文化动态，对于影响舆情的许多问题，总是及时表态，毫不含糊。像二十世纪八十年代的流行音乐、武侠小说，九十年代的“国学”热等等，他都是大声说“不”，明显地反潮流。

在音乐方面，何先生有过很好的训练，青年时作过曲子。他对流行音乐的批评，就是不能容忍其中的庸俗化倾向。他把这类迎合时尚的现象称为“商品拜物教”，把唯在俘获感官效果的音乐称为“噪音”，很不屑地说：“有点流行歌曲玩玩是不妨事的，要紧的是要知道那不过供玩玩，寻寻开心。但如果‘邓丽君歌当舜音至’就糟了，何况连邓丽君都不如的呢？”他特别不满官方对一些庸俗歌曲的纵容和鼓励，严正指出，“全世界没有一个文明国家是由政府机构出面，领导人授奖来鼓励扭捏作态的酒吧间式的庸俗歌曲的，有之，只有中国。”他寻求“正声”，除了音乐本身的问题之外，显然包含改善国民素质的要求，有着更深隐的忧患意识。

金庸武侠小说一味编造怪力乱神的故事，语言沙泥俱下，观念陈腐不堪，在教育水平低下、“三国气”和“水浒气”相当浓厚的中国社会中得以风行本不足怪，但由北大教授及诸多文学史家奉为经典，供上文学圣殿，倒是咄咄怪事。何先生曾经撰文，从文化意识方面痛加拒斥，指出武侠小说是“为旧文化续命”而反“新人文精神”的，说：“可怪和可怖的是，‘五四’过去了八十年，今天竟有人对这种旧文化越加鼓掌欢迎，评功摆好！”

历史是可以倒退的，几经反复，永远反刍也不是没有可能。当年鲁迅不赞成施蛰存在青年中提倡读《庄子》与《文选》，正是从保卫“五四”新文化的成果出发的。时过境迁，想不到至今还有不少学者做翻案文章，为施蛰存打抱不平，不由人不感慨系之。

从鼓吹“新儒学”到后来的“国学”热，何先生一以贯之地持反对态度。他指出：“周孔儒学之所以能成为数千年中国文化的主流，是因为它的伦理政治学说恰好适合‘家国同构’的历代专制王朝的统治体制。国家机器掌握在哪个家族手里，他家就是万民之主……（这种‘家国同构’的统治体制直到蒋介石统治才改为‘党国同构’）。既然‘家国同构’，则‘三纲五常’的儒家宗法伦理学说天然就成了不能更易的统治思想，稍有逾越，便是异端。民族文化就被限定在这个铁定的圈子里，不再有创新的生机。可历史所昭示的，直到西方的先进文明的打击下实在再无法撑持时，才被迫变法。”把变法局限在传统的框架之内，顶多是鲁迅说的“半当真半玩笑的变法”，要深化改革，不改辕易辙不行。何先生以十分肯定的语调说：“统治了中国几千年的儒家学说绝对催生不出现代文明来。”把文化分析同社会变革结合起来，以古证今，结论看起来虽然有点民族虚无主义的味道，实际上是合乎事实的，科学的，捍卫了五四的新价值。

有关历史人物及相关著作的评价，三十年前前后后，有曾国藩、周作人、张爱玲，包括胡兰成等等，出版界及评论界都曾有过肉麻的炒作。对此，何先生的抵制，可谓不遗余力。说到张爱玲，他很愤慨，说：“人家也讲究知人论世，大节上的顺逆是非哪个民族都重视，绝不会像中国某些人这样向丧失大节的叛徒献玫瑰花而行若无事。”他月旦人物，始终取其大而舍其小，着重政治伦理原则，着重操守和人格。然而，我们的评论家是不屑于谈论政治和道德的，而读者又喜欢跟着“权威”跑，这样，何先生的声音恐怕只好在空气中徒然游荡一时，很快就被学院和媒体煽起的嚣声所淹没。

我是在1989年那个著名的夏季认识何先生的。是唯一的一次见面。当时，他留给我很深的印象是：一、雄辩滔滔，头脑明晰；二、赤子其人，喜怒形于色。后来往返通信多回，又蒙他多次赠书，披阅之下，知道他是一个充满道义感，爱憎极其分明的人。

对于鲁迅的敬重，他完全发自一个战斗者的内心的挚爱。他说每年都要把《鲁迅全集》通读一遍，还写了一本跟鲁迅有关的书，名目朴素得很，就叫《读鲁迅书》。他表白说：“我不是以学者态度研究鲁迅，读鲁迅书在我非常实用主义，除了前面所说的从鲁迅书理解中国之外，是为了使自己在中国这块土地上做人不至于做得太不像话。”不是敬之若神明，这种平实的为人生的态度，倒是同鲁迅书中的精神很切合的。此外，对胡风，对吕荧、路翎、耿庸等“团友”，也都一往情深。

对于我一样的后辈，何先生满怀关爱之情。九年前，他有信赐我，说：“……世途荆棘，前行时祈左顾右盼一下。不像我这样的糟老头，反正岁月有限了。阁下年富，还有几十年的光阴要走。”这些话，令我感动至今。

在他所身历的关于叛卖与牺牲的当代传奇中，他恨“总督”与“犹大”；为了“犹大”的缘故，据理抗辩，不怕开罪于朋友聂绀弩。“犹大”仅作文一篇，他竟一口气写成驳文数篇，手榴弹一般从南往北一路投掷过去。一年，见到《书屋》杂志上署名路文彬论鲁迅“局限”的文章，他立即写信给我，嘱“奋笔反击之”。信末，还着重言道：“此非小事也，足下能默尔不言乎？”我读过文章，并不觉得新鲜，无非端出“学术”的架子而已，不明白何先生何以动那么大的火气，便复信婉拒了。想不到四个月过后，他来信还不忘提及，说：“路文彬一文，仍极盼阁下撰文斥之……”

以这样峻急、激切的性格，能享九十高龄不能不说是一个奇迹。虽然何先生深谙作文之道，因为性情使然，往往舍曲笔而取直道，即使他自以为有的文章已经“含蓄”“委婉”到家，到底发表不出来。他在信中这样对我说：“我很佩服兄能沉住气，……而弟则脾气暴躁，压不住火，即曾彦修所说的‘汉贼不两立’的脾气。所以写文章处处碰壁。真无可奈何也。”每读至此，都令我十分惭愧。在我，惟是犬儒主义的写作罢了，即使有点锋芒，也已被自己暗中锉尽，怎比得何先生的文字看了令人神旺呢！

鲁迅生前多次慨叹中国战士太少，其实现状又何尝不是如此。当此际目送何先生远去，沉痛之余，惟愿他的灵魂高扬，依然呼啸，永不宁息！

2009年7月25日

诗人的工作

一朵火焰，平凡的圣迹
在它的每一个斜面和尖端上
在所有的金红的雾霭和阴翳里
殉教者般地发光，但不耀眼，也
　不刺目。

——彭燕郊《一朵火焰》

诗人与歌手是不同的。歌手带着他的歌嗓上路，他的目光，大抵关注眼前的事物；作歌是即兴式的，歌讫便罢。诗人多出竖琴，手拨琴弦，有灵魂的颤响。诗人的目光是澄沏的，又常常是忧郁的，迷茫的。他眺望远方，纵使黑暗，依然眺望而且歌唱。其实远方是不可见的，而诗

彭燕郊

人，偏偏喜欢追寻不可见的事物，幻想中的事物，他在想像中达致完美。

彭燕郊先生是一位诗人。

我认识燕郊先生在八十年代初，而称得上交往，却也多在纸面上。

他几次给我寄来已出版的集子，还有诗稿，说是寻求我的意见。我看到，每次寄来的诗，写的都不一样：题材，主题，式样，风格，不断地变化着。他发掘自己，发掘周围的世界，发掘构成命运的神秘的而又确凿无疑的东西。他让记忆的阴影重现，让恶魔狞笑，让羽毛媚舞；他让钟声响起，让星光和种子醒来……他在风中行走，在音乐中凝坐；他微笑，亲切有如火焰，有时也作雷暴般的咆哮，发出闪电般的嘲笑……他不断地书写自己，改变自己，他要让他的作品有如交响乐般地盛大，富丽，涵泳一切……他每次寄来的诗稿都用的格子纸，蓝颜色字迹；上面一再涂改过，字行间栖满了密密麻麻的小字。阅读时，我会从中窥见诗人的专注的目光，有如钟表匠那在深嵌的放大镜内面透射出来的目光，仿佛闻到他凑近纸张时发出的粗重的、或是轻悄的呼息……

诗人是美的缔造者。即使“大美”，也要求精微，因此，这种缔造的工作，是极其繁琐而艰难的。然而，燕郊先生不惜为此付出生命的代价，辛勤一如工蜂。可是，他并没有把目光局限于眼前的劳作，他的灵魂，时时飞离他的肉身而翱翔在别处。正如他在《旋梯》中描画的攀登者那样，因在无限广阔中有微光的召引，便不息地追逐，攀登，且沉醉于上升："起点是上升，中途是上升，终点也是上升……"

燕郊先生寄我的是复写稿，即使分寄其他友人，想来也不至于太多的罢？这种信任使我发窘——其实，诗这东西是不能快速阅读的。所以，当时并没有如他所期待的那样，可以奉献一点什么"建设性的意见"。批评的意见倒有一些，譬如觉得山水诗没有必要太多的"哲学化"，他的最得意的作品《生生一体》、《混沌初开》似乎有点过于虚玄、高蹈，诸如此类。当然，我不曾坦率地将这些写出，这种世故的保留，是很对不起燕郊先生的。

及至去年岁末，因为编选一个新诗选本，我用了一个下午仔细阅读了他的全部诗作，特别是晚期的长诗。一个时代的战士和囚徒，对于精神自由以及诗美的无尽的追求，着实使我深深地起了感动。终卷时，立即援笔写就一段评介性的文字，接着拨通电话，把刚刚写下的文字逐字地念给他听。他很高兴，孩子般羞涩地接受我的礼赞。

待到这段文字正式印制出来时，燕郊先生已经看不到了！那天，他还在电话那头笑着，大笑着，充满青年的生气——他还在“上升”呀！怎么这么快，就到了生命的终点！

诗之外，我还读过燕郊先生的诗论，以及断片的回忆录。其中，不但记述而且品评，是我所见到的他与历史及外部世界的唯一的理性联系。诗表现的是一种普遍性，而这些批评文字却是非常的具体，就像雕塑家一样挥动锤子和凿子，为了保留这个世界在印象中或是想象中所给予他的完好的形象，而不断地毁坏着和抛弃着。他热爱，他愤怒，他厌恶，他痛惜，他悲哀，他无奈，这样，一个个圣徒、魔鬼、小丑，也就以不同的形貌在他的手中出现了。

最后一次见到燕郊先生，是在去年秋季。民刊《诗歌与人》给他颁发一个“诗歌奖”，他到佛山领奖。事前，他曾请我作“嘉宾”到场为他授奖，我因害怕这类场面，当即推辞掉。想不到会后，他竟然由诗人黄礼孩和远人领着找上门来了。

我祝贺他，他也很感快慰。中午，我们在一家饭馆里聚谈，所谓“酒逢知己”，可惜都不善饮，只好一边吃饭，一边谈话。谈诗很少，所谈多属人事，算是文艺界的杂俎罢。前年，我约他一本回忆性质的书稿，他因忙于编辑个人文集而迟迟未交，所以，说话往往涉及书中的内容，也即故人故事。说到丘东平和聂绀弩，话间有一种特别的深情。我告诉他，我写了一个萧红的传记，他立即称赞萧红，接着批评茅盾，认为茅盾不应当把《呼兰河传》当美文看待，对茅盾批评萧红的“思想上的弱点”，也深不以为然。

在电话里，或在给我的信中，燕郊先生也都常有品评人物的时候，对我们共同的熟人，直率地表示他的看法。他青年时代当过兵，经受过民族战争的洗礼，身上有一般诗人所没有的革命气质，偶尔还流露出某种优越感。他看不起那些纯艺术家，那些远离时代漩涡的诗人、作家和学者，虽然私下里他是那么看重艺术本身。在依然保存下来的少数几封信里，他表白说，他一向不喜欢朱光潜，理由是从前“生吞克罗齐”，后来因为形势不同，又转而“活剥马克思”。他对沈从文、李健吾当年批评左翼作家很反感，认为“那时左翼正走上成熟”，那样一批青年作家是叛逆的、有为的、优秀的。为此，信中连带批评了眼下文坛的“一股遗老遗少气”，胡乱吹捧“大师”的风气；对于“追捧”胡兰成乃至于后来的变节人物，更为他所不齿。

知人论世，燕郊先生未必都是准确的。但是看得出来，他看重道德甚于文章，其实道德也是一种美。对完美事物的要求，会使一个人的严肃的态度近于苛刻。燕郊先生不趋奉官僚，也不迎合时流，只是惟日孜孜弄他的文字。在我看来，他的思想是前瞻的，写作是激进的，做人却是保守的。所谓保守，除了安于清贫，淡薄名利，在人际交往方面，仍然是古典的君子风，纯净如水。文坛上满眼猴子般的上窜下跳，拉帮结伙，回头看燕郊先生，实在算得上珍稀动物，是别一个世界里的人。

在诗人中，燕郊先生是我所见的少有的一位醉心于出版者。

青年时，他便开始编刊物。晚年编事更繁，他主编的《世界现代诗坛》、《诗苑译林》、《散文译丛》等丛书，出书统共不下百种。我负责出版的一套散文诗译丛，其实也是他组织的。我要他任主编，他非要拉我一起挂名不可，我不同意，他也就坚辞不受。读者在丛书中所看到的只是一篇序言，其实作序之外，策划选题，联络作者，审阅书稿，他是做了许多琐碎的工作的。

我们之间，通信多谈编辑出版的事。我初到广州日报大洋编译室做事，即向他报告工作的性质，并就旧籍重版问题请教于他，数天之后，他便来信给我开具一份几页纸的长长的书单，而且分门别类，附加了不少建议。我知道，这份热忱，包含着他对诗，对文化，对真理和教育的本能的挚爱，不仅仅出于私谊，且出于他对于社会的一贯的使命感。

燕郊先生最后一封信写于去年年底，也是关于出版的。信中说：

> 想起一件事，明年（08）是拜伦诞生二百二十周年，有个想法，何不趁此纪念一下，借此张煌鲁迅先生《摩罗诗力说》，对目前迷茫中的诗歌界，应该有振聋发聩的作用。诗坛现况如此，有一大半是环境造成的，不但诗坛如此，整个知识界都如此。登高一呼，我们无此能力，但敲敲边鼓，应该可以的吧。我建议此间出版社印些相关的书，报刊组织些文章。但人微言轻，没有所谓的“话语权”，怕不会有什么用处，倒是觉得青年朋友中，或许可能有些回应。写了信给黄礼孩，提了些建议，不过他们恐怕也很少往这一方面想，反正试试看，他们有个《诗歌与人》，还有《中西诗歌》，后者篇幅很大，很热闹，似乎太热闹了，现在“民间诗刊”都这个毛病，和我们的意见

很难一致。便中，如你以为这事还值得说说，也跟他说一说，可好？

此刻，在这个热闹的世界上，不会再有人想到过气的拜伦。燕郊先生的设想，该是在寂寞中做的一个好梦罢了。

而今，连这个有着缪斯情结的做梦的人也走远了！

拜伦的自由不羁的、灼热的灵魂，想必在一生中陪伴着他，给了他鼓舞。燕郊先生呼唤多位一体，呼唤生生精气，从来不曾想到终结，到生命的最后一刻也不曾想到终结。“终于结束了，再开始吧”——在诗人那里，世界是一体的，工作是一体的；自由、生命、诗与美，本来是同一个词。

2008年5月20日

李慎之

纪念李慎之先生

1

我不懂弄电脑，无缘上网，仅凭可买卖的报刊了解世事，实在只好做半个盲人。

《南方周末》编辑小磊一天来电话，说李慎之先生因肺炎住院，已是弥留时刻，快不行了；又告说准备做纪念的事，说是许多朋友都答允写文章，问我是否想到要写？我答说与李先生之间没有私谊，反倒有过两次“笔墨之争”，虽然内心始终怀有尊敬，但毕竟对先生知之不多，还是让别人去写吧。隔了几天，突然记起这件事，便拨通《周末》的电话，询问李先生的病况。适小磊不在，接电话的是诗人杨子，答话似乎颇诧异：你不知道吗？老人去世已经好几天了。时间又过去了一周，我仔细查找报章，仍然看不到相关的报道。传媒的沉默，使我顿时感觉到李先生的份量，心里随之变得重坠起来。

2

《顾准文集》出版后，知识界躁动一时。后来见到《顾准日记》，使我从中发现顾准的某种复杂性，深感一个民族的具体的时代环境可以怎样限制一个人的思想高度，于是写了一篇短文《两个顾准》，发表在《南方周末》上。不久，上海《文汇读书周报》刊出李先生回应的文章，题为《只有一个顾准》，明显反对我的意见。我接着发表《再说两个顾准》，反驳了李先生。有关李先生的情况，其实当时已经有了所谓“南王北李”的说法，只是我跟知识界很隔膜，不得而知罢了。记得为此曾经特意打听过，及致后来读了《中国的道路》，对李先生的道德文章，才算有了一个较为完整的了解。

然而，在这之后，《书屋》杂志发表了李先生致舒芜先生的信，却使我很有点失望。其中诸如否定革命，反对斗争，扬胡抑鲁等一些重要的观点，我以为是错误的，有害的，于是照样以公开信的形式写了驳难的文章，仍投《书屋》。发表前，主编周实先生特意寄给李先生过目，征求他的意见。李先生随后给编辑部写了一封信，周先生在电话里给我念了其中部分的内容，态度非常友善，毫无反辩之意，只是说我没有注意到他的关于个人主义主张的一贯性，还特意让周先生他们转告，希望我能集中精力做一篇关于个人主义的专论。

从前读李先生的文章，总感觉到一种“霸气”，这时，才知道他原来是一位温厚的老人。

3

李先生一生没有专著，这在所谓的学术界中显得很特别。我在读《中国问题》的书稿时，见到李先生亲自撰写的个人简介，谓是“无职称，无著作”，说得很坦荡，甚至有点自得，使我暗暗佩服。这种淡泊名利的态度，在今天的“学人”中间，大约已经不可得见了。

在我看来，李先生其实是重行不重言的那种人，要说言，也多述而不作，要说作，也都以“用世”为任，并不把“学理”悬作最高价值，为学术而学术。他坦承道：“我不是一个有学问的人，更不是一个做学问的人”；又说：“我从来不认为自己是一个学者。”他重思想而轻学术，重思想家而轻学问家，这个倾向是明显的。由于李先生始终关注的是人类存在本身，因此在所有思想中，他最看重政治思想，因为政治是带根本性的，对人类的自由生存有着直接的影响。他认为，中国人近百年来最难改变的就是政治思想，所以强调说，任何学术必然有一个“政治上的大方向”，政治标准是判断学术的重要标准。以鲁迅著作为例，他把《阿Q正传》置于《中国小说史略》之上，标准就在于政治思想的贡献。何谓“政治”？在这里，政治决非权力或权力者的替身。李先生的解释很浅显，譬如是赞成民主与科学呢，还是专制主义呢？这就是政治。所以他会说这是学术的“大方向”，并且确信，只有通过这个方向，才可以看到学术里面有没有现代精神。这种认识，在大队儒雅的学人中间也是少有甚至于没有的。

4

知识分子与政治思想相联系的结果，便是启蒙。

启蒙是一个把“有用”的知识和理念“用”起来，即转化为广泛的社会实践活动的中介性工作。对此，学者的看法当然大为不同。在他们看来，知识本身就是目的，

“学理”只能纯粹而又纯粹。一般说来，他们是看不起有用的东西的，因为那样未免太俗；要说有用，也只能用于个别的人物和地方，譬如为学术小圈子所激赏，或者做“王者师”。学者的“特殊”就在这里。所以，看待学者，有时似也不必太迂，以为提出“反启蒙”，便一定是学理出了问题，于是起而辩正，甲乙丙丁，不一而足。其实，许多标榜学理的说话都是在学理之外的。无庸讳言，李先生大半生都在做“王者师”。从四十年代起，在新华社专事编辑“大参考”，作为“意识形态专家”，把资产阶级新闻过滤、转换以后给高级官员使用；右派生涯结束以后，官至中国社会科学院副院长，成为最高领导人的“智囊人物”之一。在他那里，到底没有完全摆脱“王者师”的情结。但是，从李先生晚年所做的实际工作来看，他的立脚点已经转向社会上来了。就他个人来说，这叫衰年变法，是一个了不起的转折。

他表白说，他最想做一个大学校长，还多次提起“当一辈子中学公民教员”的夙愿，想到为青少年编一本《公民读本》，那意向都在启蒙。他强调说：“救治专制主义的唯一出路，就是启蒙，就是以近三百年来作为人类历史主流正脉的自由主义取代专制主义。”因为志在启蒙，所以他的论文不像一些学者那样故作高深，玄之又玄，而是力求深入浅出，透彻明白。像托尔斯泰一样的大作家，躬身写作给农民阅读的小册子，中国从来是没有的。至于学术，框架是科学的，问题是社会的，价值是普世的，语言是大众的，哪一位学者愿意做，而且可以做呢？这不仅需要学识，更需要道德和责任。在当代中国，至少我知道，还有一个李先生。

至于有些被称为“学术权威”者，往往厕身于权力与学术之间，或者像鲁迅形容的那样，脚踏两只船，或者将学术径直转变为权力。从经院到沙龙到大小会议，他们极力营造小圈子，打进来，拉出去，不惜使用市侩乃至政客手段，赶造传记，刊布日记，甚至连无名小报廉价吹捧的广告文字也给塞进去。不学有术，饱学亦有术，学术并用，大抵术大于学。李先生怀抱天下，心志高远，自是远离这些趋附权势巧取名位之辈而安于独守，恰如《史记》写他本家李广将军的传赞说的那样：“桃李不言”。

5

顾准自称是“西方主义者”。依我看，李先生也是这样的一个西方主义者。

在中国，李先生是最早意识到全球化问题，并极力倡导全球化研究的少数先觉者之一。在讲说全球化历史时，他指出，苏联的解体便是信息全球化瓦解一个封闭社会的结果，可见全球化意涵着波普说的开放社会的理想。在他那里，现代化和全球化是同一个词，代表着人类的主流文化，是当前中国面临的一大课题。

在阐释现代化的时候，李先生一再强调五四提出的两个口号：民主和科学。由于一种问题意识的导引，他着重指出，“科技”一词不能代表科学，正如“法制”不等于“法治”一样。他说，其实并无科技一词，这是自造的，是中国“酱缸文化”的表现，缺乏对人的关怀，缺乏为求知而求知的精神；这样，诸如“科技兴国”、“科学技术是第一生产力”之类的时行论调，在李先生这里便成了问题。他有理由作如下推断：国人对科学与人本思想的关系的认识，并未超出清末民初时期。

关于民主，李先生习惯把它同自由和人权联系起来加以探讨。他说：“民主的价值归根到底是个人的价值，所以民主主义者必须要以自由主义和个人主义为出发点。”他对自由主义特别推崇，多次指出自由主义是“最具普遍性的价值”，“最有价值的一种价值”。据说，直到去世前，他还向人要有关杨朱的材料，寻找个人主义的本土资源。在许多学者那里，自由与民主是对立的，而李先生总是力图把两者统一起来。在著名的1957年，他正是因为“大民主”的建议而成为钦点的“极右分子”，失去长达二十年的个人自由。因此，与其说这是学理上的一种整合，无宁说是出于深受伤害的中国人的锥心之痛，是源自生活逻辑的结论。

自由从根本上说是属于个人的。李先生说：“自由的要求最终来自每一个人的内心。自由是每一个人天赋的权利。”对于多数人的暴力，即所谓“群众专政”，对于假民主之名对个人自由的扼杀，李先生始终保持着一种警惕。他认为，自由主义可以有多种解释，既是一种学说，一种经济思想和社会哲学，也是一种社会政治制度，但是他更愿意从生活态度方面去理解，并且把它视为“正确的公民意识”。这种个人本位的，个人主义的自由，是美国式民主的基础。李先生承认，他说的现代化与陈序经、胡适的“全盘西化”口号有一定的渊源关系，所以有时也称之为“西化”，甚至“美国化”。对于现代性以及相关的许多主义的解释，李先生并没有像其他学者那样绕弯子，那样陷于形式主义繁琐主义混乱主义的讨论；他的解释，也许被认为并不那么准确、完整、规范，但是“丹青难写是精神”，他恰好把其中的精神给把握住了，那就是我们常称的“人文精神”。而在他的求知和启蒙工作的过程中，同样贯穿着这种精神。

也许，正是人文精神，使李先生痛恨专制；更有可能的是，由于深味了专制的荼毒，他才像需要水和空气一样需要人文精神。李先生有文章破解“封建主义”一词，以为在中国历史上的使用是不恰当的，应改作“专制主义”。此说虽然不是他的发明，但是至少表明了他的关切程度，念兹在兹，刻骨铭心。他敏感于非人性的现象，敏感于封闭、愚忠、奴隶主义，敏感于中国传统文化中人权的缺失，多次提到“人的尊严”问题；为此，对捷克由作家而总统的哈维尔甚为心仪，赞扬哈维尔是“我们时代杰出的思想家”，“一位促成了后极权主义结束的思想家与实践家”，指出哈维尔“最大的功绩在于教导人们如何在后极权主义社会尊严地生活，做一个真正的人”。

什么叫后极权主义呢？他的定义是：

> 后极权主义就是极权主义的原始动力已经衰竭的时期。用二十多年前因车祸去世的苏联作家阿尔马里克的话来说，就是革命的“总发条已经松了”的时期。权力者已经失去了他们的前辈所拥有的原创力与严酷性。但是制度还是大体上照原样运转，靠惯性或曰惰性运转，权力者不能不比过去多讲一点法制（注

意：绝不是法治），消费主义日趋盛行，腐败也愈益严重。不过社会仍然是同过去一样的冷漠，一样的非人性，“权力中心仍然是真理的中心”。

这个社会的最高原则是“稳定”。而为了维持稳定，它赖以运转的基本条件仍然是：恐惧和谎言。

这是李先生对“苏东事件”的一个观察点。他不愧是一个具有世界眼光和历史眼光的人，没有被眼前已告终结的具体的事件所囿，而能通过地缘政治，通过人类自由生存的状况，把一个时代同另一个时代接连起来。

读到李先生一些叹息衰年的话，或是以自己时日无多而寄希望于来者的话，难免慷慨生哀。但是，就人类的前途来说，他总是能够持一种乐观的态度，给人以慰藉和鼓舞。比如，写到民主社会时，他是多么地富于向往的热情，他说：“既然历史已经走到后极权主义社会，那么也就可以套用中国人十分热爱的雪莱的诗句：‘如果冬天已经到来，春天还会远吗？’”

6

李先生的勇气尤其令人钦佩。

理论的勇气，实践的勇气。知识分子是批判的。同学者比较起来，知识分子除了必备的批判性知识以外，还因为问题意识的激发而不断形成批判性思想，但是，更重要的是敢于言说。勇气是自由的果实。如果是一个真正的自由知识分子，他必然通往那里，他知道，那里决非诗意的栖居。

所以，中国知识界在八十年代有了一道“说真话”的题目。巴金提倡说真话，于是有《真话集》，其实那是小学程度的真话，这种真话用的是记叙文的方式，说的大抵是关于个人的事情，一点回忆，一点感悟。然而，即便如此，事情就已经闹得不得了了，发表时是曾经给开过“天窗”的。但这并不能说明巴金的真话之真有很高的程度，只是说明我们的程度更低，此前只是“文盲”，几十年盲人瞎马的过来罢了。萧乾也说是要说真话，但提出要修改巴金的“要说真话”的说法，加上“尽量”两个字，明显地后退了一步。在关于哈维尔以及别的文章中，李先生恰好也提及说真话。他赞誉王国维、陈寅恪的是“惟真是求”，不与“官学”合流，也不趋时媚俗，“一样以身殉学术而决不向政治权力低头”。真话是分层级的。如果说王陈二位的真话不出学术的范围，那么李先生的真话则是超学术的；“真”的程度很高，这不是中国的知识分子容易做到的，特别在沉寂的九十年代。

几年前，接到北京朋友寄来的李先生的一篇文章，记得展诵时已是黄昏，窗外下着大雨，正所谓“满城风雨近重阳”，读罢颇多枨触。后来想，李先生说的唯是大实话而已，何以有如许力量？因而想及一个语境问题。其实，言说的价值有时并不在言说本身，而在它与语境所构成的关系。就说左拉，他为德雷福斯案件而作的《我控诉》，力量在哪里呢？在道德、良知和勇气那里。因为言说以外的这些东西，正是那个语境所稀有的，所以才有了金子一般的价值。可以设想，如果置换了另一个语境，开放，宽容，还有左拉吗？即使那文字比《娜娜》还要美妙动人，难道便可以于顷刻间动员整个社会来倾听，并且迅速凝聚了正义的声音，犹如《我控诉》的一个强烈到千万倍的回声吗？这就是政治美学。李先生是服膺左拉的，他特别喜欢用“爱国者”称呼左拉，他深知，左拉勇敢地站出来反抗主流，只为自己的祖国。

7

顾准说他从理想主义到经验主义，李先生则是从集团主义到自由主义。“削肉还母，剔骨还父”。这是一个否定、决裂、弃置的过程，从被迫选择到自我选择，无疑地，这是需要更大的勇气的。

但是，李先生在否定自己的同时否定了革命本身，正如顾准否定直接民主一样，至于何以如此，确实很值得研究。李先生一面反对专制，一面却又反对革命。他看到革命蜕变为专制的事实，比如法国大革命，十月革命，国民党的“国民革命”等等，但是看不到革命作为人民行使自身的权利，是反抗暴政的有效的民主手段之一，惟是肯定宪政建设的主张。他批评鲁迅而推崇胡适，即由此发端。李先生说得很好：“宪法是管政府的”，但是被他忽略的另一面是宪法从制订到实行都是“政府管”的，像国民党这样一个“一党专政”的政府，一个靠“党军”和特务统治支撑的政府，一个制造恐怖与谎言的政府，凭一个胡适和几个宪法学专家就可以把它管起来了吗？这是在李先生那里遭遇到的悖论之一。还有一个悖论，是李先生极力鼓吹西化，反传统，反“国学”，反“亚洲价值”观，但是又不放弃从中国哲学中寻找科学性，普适性，这是可能的吗？

所以如此，除了事物固有的矛盾性以外，大约与李先生过去长期作为“王者师”的经历有关，他晚年背叛自己，努力挣脱自己，却仍然处在急剧转变的过程中。或许，惟其因为地位的局限和矛盾的纠缠，致使李先生这个自称“一直做着‘中国文艺复兴之梦’的人”表现得更真实、更勇敢、更悲壮。

顾准借用鲁迅的题目《娜拉走后怎样》讲说中国革命问题。李先生也是娜拉。在他生命的最后二十年间，出走成了唯一的主题。他终于走了，前脚跨出大门后脚就不准备再跨进大门，然而不幸的是，最后的时刻已经来到。

他倒下了，倒在门槛旁边。门槛内外都有着纪念他的人。外面的人更多，而且会愈来愈多；我知道，他们纪念他，并非因为他曾经有过尊贵的名分，他不是海尔茂太太，而是娜拉，一个永远不再回来的娜拉。

2003年5月4日

只有董乐山一人而已

去年冬夜，我突然焚烧一般地想念起一个人。大半年过后，心里还燃着余焰，偶而遇到关于思想文化一类问题，还会凛凛然升腾起来。

大约这同当时手头的一部翻译小说有关：《中午的黑暗》。这部小说的译者，与著名的《一九八四》的译者恰好同为一人。两部小说的主题的相关性，使我确信，它们对于译者来说定然出于某种选择，而不是意外的巧合。但当联想起历史性著作《第三帝国的兴亡》，也是由这位译者领衔翻译时，不觉大为震惊，因为他的目标实在太明确了。接着，我把书架上的他的其余一些译著翻了出来：《古典学》、《西方人文主义传统》、《苏格拉底的

董乐山

审判》；我发现，在这中间，埋藏着的是另外一条思想线索。鲁迅曾经说过，翻译这工作相当于“偷运军火”。当今的这位译者，不正是沿着在前头仆倒的精神战士的道路，继续摸索着行进的吗？于是，在寒风呼啸的夜晚，我仿佛看到有一个人，擎着火把，把一小批又一小批炸药艰难地运抵古堡……

这个人就是董乐山。

在与邵燕祥先生合编的《散文与人》丛刊上，我编发过董乐山先生的一篇短文，其中拒绝用电脑写作的固执，给我留下很深的印象。此外，我还曾遵从来信的嘱托，为他把另一篇短文转给南方的一家报纸发表。因为想到给《曼陀罗译丛》添译一种奥威尔的随笔，与董先生之间通过一回电话；记得听筒里的话音十分爽朗，宏亮，依稀夹带笑声，其实当时他已深陷病中了。然而，我并不认识董先生，他去世的消息还是朋友告诉我的。听说北京的报纸做过一个悼念他的专版，我也不曾见到。

出于探寻一个精神生命的渴望，我恳请邵先生代为搜集一份董先生的译著的清单。从邵先生那里，我约略知道董先生生平的一点轮廓：原来他是一名左翼分子，在1947年脱离组织，这在别样的人们看来，当然是“向右转”

了；十年过后，果然坐实了“右派分子”的名份，变做了专政对象。这种情形，与《一九八四》和《中午的黑暗》的两位作者的身世不无相同之处。建国以后，他一直在新华社，主要从事《参考消息》的编辑及翻译工作；至于译书，应当算是余事了。

邵先生寄来的书单是李辉先生开具的。随后，李先生还特意把他为《董乐山文集》写的序文寄了来，加深了我对董先生的了解。对于一个毕生从事文字工作的人，生命的根本依据便是文字。关于翻译，仅以董先生撰写的《英汉美国翻译社会知识辞典》这样一种工具书来说，他就足够有资格被称为“翻译家中的翻译家”，何况，还翻译了那么多著作。特别是史著、学术著作和政治性小说，它们构成了董先生的灵魂，使我们从中国翻译界的浓密的灌木林中，一眼便能瞥见一棵伤残而傲兀的大树，以铁似的干子，直刺奇怪而高的天空。

《第三帝国的兴亡》是董先生在新闻工作之外的另一种翻译的起点。

这部三卷本的巨著，从六十年代初动手翻译，七十年代末出版，中间横隔着文革十年。在这个红色恐怖时期，身为“右派”，处境的恶劣可想而知；然而，他和他所邀约的倒霉的伙伴竟然决心推举这块巨石。为什么呢？是不是因为译者从喧嚣一时的野心家、阴谋家、专制主义者身上，看到了当年的纳粹党徒的影子，在“大树特树”，蛊惑群众，绝对服从，种族歧视，以及其他灭绝人性的行为方面过分肖似？是不是书中对元首直到所有的法西斯分子的暴露，给了已然失去自由言说的权利的译者以诅咒的快感？第三帝国的覆亡本身难道还不足以提供一种信仰、一种眼光、一种力量吗？“人民还活着。土地也还在。但人民却茫茫然，流着血，挨着饿。当冬天到来时，他们在轰炸的劫后残垣中，穿着破烂的衣服不停地打着哆嗦；土地也一片荒芜，到处是瓦砾成堆。曾经企图毁灭其他许多民族的希特勒，在战争最后失败的时候也想要毁灭德国人民，但与他的愿望相反，德国人民并没有被毁灭。只有第三帝国成了历史的陈迹。”一个帝国的崩溃，其影响是世界性的。整部译著回响着这种震动，同时，我们也分明听到夹杂其中的译者的激烈的心跳声。董先生起意翻译这部巨著，我猜想，决不会仅仅展示一下西方历史的陈旧地图；最初的动机，恐怕还是借了物理学的折射原理，反观东方的现实。在令人窒息的日子里，为了把一个希望的信息传递给中国读者，译者当付出多少坚忍的热情，作着怎样挣扎般的努力呵！

“文革”幸运地宣告结束了。正当知识界为“第二次解放”而欢欣鼓舞之际，至少在名义上已经给平反了的董先生，开始翻译英国作家奥威尔的《一九八四》；八十年代中期，接着译完了英籍匈牙利裔作家库斯勒的《中午的黑暗》。这两部小说的翻译，实际上是翻译《第三帝国的兴亡》的工作的继续。

《一九八四》是一部寓言体小说，同札米亚京的《我们》和A·赫胥黎的《美丽新世界》一起被并称为“反面乌托邦三部曲”。社会批判的色彩是明显的。在小说中，世界分为三个超级大国：大洋国、欧亚国和东亚国。“大洋国社会的根本信念是，老大哥全能，党一贯正确。”主人公温斯顿·史密斯就在大洋国政府的真理部工作。所谓真理部实际上是谎言部，正如和平部是战争部，友爱部是镇压部，富裕部是匮乏部一样。温斯顿的日常工作是制造谎言，涂改历史，抹杀人们的记忆。周围处于“思想警察”高度监控下的恐怖气氛，以及人们工作的性质，都是为他所痛恶的。在此期间，唯一能够让他享受生命的欢愉的便是与同事裘莉亚之间的爱情。但是，即使他们总是设法秘密接触，仍然逃不出组织的巨掌，终于被捕。在狱中，温斯顿经过种种精神酷刑，证实了“洗脑”的效果：“他又回到了友爱部，一切都已原谅，他的灵魂洁白如雪。”就像小说最后说的，“他战胜了自己。他热爱老大哥。”关于《一九八四》的思想内容，董先生在译序中概括道：“作者所描述的未来社会实际上是当时（即第二次世界大战前后）法西斯极权统治的进一步恶性发展：人性遭到了泯灭，自由遭到了剥夺，思想受到了管制，感情受到了摧残，生活的单调和匮乏就更不用说了。个人完全成了一个庞大的官僚主义化社会中的一个自动化的机器，尤其可怕的是人性的堕落达到了没有是非善恶之分的程度。”经历了文革十年，想必译者会有一种切肤之痛。到了《中午的黑暗》，“老大哥”变做了“第一号”。小说写道：“第一号成为主持弥撒的大祭司。他的发言和文章，甚至文风，有了一种绝对正确的教义问答性质。”“第一号的政权玷污了社会国家的理想，甚至像一些中世纪的教皇玷污基督教帝国的理想一样。革命的旗帜降了半旗。”革命的异化程度是惊人的。小说中的主人公鲁巴肖夫同温斯顿一样，都是组织的叛逆；但是不同的是，他不是一般的工作者，而是领导者，亲自处理过无数优秀的或无辜的分子，正因为如此，对革命的反思也更为深刻。不同于温斯顿的还在于，他是被处决的，而且至死没有被改造过来。“三十年代的情况，似乎已是过去的事了，在人们的记忆中，由于同时代人的逐一凋零，也被慢慢淡忘了。但是清洗的阴影，不仅仍旧笼罩着许多国家，而且在这半个世纪中仍旧不断地到处在借尸还魂。即使在大讲‘公开化’和‘透明度’的现在，许多人仍‘心有余悸’。因为目的与手段的矛盾仍没有解决，政治权宜仍是行动准则。要消除这种扭曲和畸变对人类的威胁，光明正大地、毫无隐晦地正视这段历史，让人民和历史作出应有的判断，是任何一个真正的革命者的不可推卸的义务。”在译后记行将写完时，他给补了这样最后一个句子：“但愿在人类的历史上，‘中午的黑暗’只是艳阳天下一时的阴影。”文章写于“不问春夏秋冬楼”，时间是1988年4月。董先生的心是广大的。他的梦想，他的悲愤，他的忧患，在这里已经表白无遗。

董先生对奥威尔的著作可谓情有独钟，在《一九八四》之后，又翻译了一部三十万字的《奥威尔文集》。其中有一篇《我为什么要写作》，大可以看作是董先生关于翻译的自白。“我在1936年以后写的每一篇严肃的作品都是直接或间接地反对极权主义和拥护民主社会主义的，当然是根据我所理解的民主社会主义。”文章说：“我在过去十年之中一直要做的事情就是使政治写作成为一种艺术。我的出发点总是由于我有一种倾向性，一种对社会不公的强烈意识。我坐下来写一本书的时候，我并没有对自己说，‘我要生产一部艺术作品。’我所以写一本书，是因为我有一个谎言要揭露，我有一个事实要引起大家的注意，我最先关心的事就是要有一个让大家来听我说话的机会。”对董先生来说，翻译相当于奥威尔的“政治写作”，他是同样作为一种艺术来经营的。在小说中可以看到，许多地方经由他的转述之后变得多么美妙。比如《一九八四》，描述温斯顿在小组讨论时有一句话，他译为，“很像雄鸡一唱天下白时就销声匿迹的鬼魂一样。”语意双关，真乃神来之笔。

未经改革的体制具有很大的封闭性。由于我们长时期被置于名为“极左”的政治路线的阴影之下，因此得以重现《一九八四》的颠倒世界，尤其是“文化大革命”，简直就是“中午的黑暗”。可是，对于这样一段由权力和阴谋主宰的历史，我们的文学不是不能表现，就是无力表现，作家在因袭的和实验的形式中构造的故事，同残酷的现实比较起来是那么苍白，更不要说思想深度了。我们对历史的判断，仍然习惯于使用共同的意识形态的框架；我们的思想活动，在官方的结论那里一动不动地打下死结。偶有意识松动的作家，也都学会使用含糊的措辞，在三审制之下，同编辑一起与官方达成看不见的“社会契约”。在历史面前，我们的文学其实等于交了白卷。正是在这样一片空白的文学地带，出现了董先生的翻译小说；它们的价值，实在远远超出于原著本身。

思想者顾准，在九十年代为中国知识界所推重。顾准思考的中心问题是民主问题。对于民主，他是从它的源头——古希腊城邦制度——导入进行考察的。而这个思路，正是董先生的思路。他们一样是“倾心西方文明的人”。

在西方现代思潮汹涌而入的时候，中国人普遍表现为一种阻拒和惊恐的态度，就像鲁迅所形容的那样，大叫“来了”，却不想根究来了的是什么。为此，鲁迅颇感慨于知识界在观念引进方面的怠慢。大约因为考虑到异质文化对于变革传统，改造国民性的重要性，所以，他把翻译工作提高到与创作、学术并列的地位，力倡“拿来主义”，并且身体力行。董先生也是这样认识而且实践着的人。他在晚年接连翻译的几种理论著作，都是致力于民主与科学的建设的；这时，他已然来到了他所译的抨击极权主义的小说的背面。

《古典学》为英人著作，是一部关于西方文化传统的入门书。作者从现今伦敦市中心展示的一座古希腊神庙的几块雕塑残片出发，讲述它们的作用，以及它们的建造者，建筑思想和相关的理念，进而扩及美术、陶器、文学、哲学和科技等更广大的知识范围。所谓古典学，在这里，所指不仅包括希腊罗马构成的古典世界，还包括了对其中共同的问题、故事、疑问和意义的思考。“思考生活在现在的过去，思考生活在过去的现在”，也即是思考我们与希腊人和罗马人的世界之间的距离，是对我们所在的现代世界的性质的界定。

如果说，《古典学》中的希腊罗马世界仅仅是一个起源，那么，《西方人文主义传统》着重介绍的就是主河道，源远流长，一直通往二十世纪。在译著中，董先生对“人文主义”一词做了很详细的阐释，他是主张把它放到人类的自由生存——“人学”的根本意义上进行理解的。针对中国思想知识界的现状，他批评说：“过去中国虽有两次西学东渐，但主要由于客观上的原因，两次都不深不透，近乎一知半解。最近这次虽然因为新思潮新学说纷呈，着实热闹过一阵子，但还未深透就戛然而止，以致烧成了不少夹生饭。不是有著名政治学家没有听说过——更不用说读过——柏拉图的《理想国》吗？在反对‘言必称希腊’的时代，这并不奇怪，但发生在第二次西学东渐的今天，这不能不说是一个笑话。至于把民主理解为‘当官要为民作主’而犹理直气壮，那就更加令人啼笑皆非了。”写这译序时已是九十年代，而人仍在“不问春夏秋冬楼”。

美国报人斯通的《苏格拉底的审判》是董先生晚年所译的又一部著作。

斯通把言论自由的源头一样上溯到希腊古典文明时代，他认为，“古代雅典是思想及其表达的自由空前发达的最早社会，在它以后也很少有可以与之相媲美的。”然而，恰恰在这个以言论自由著称的城市，对一个除了运用言论自由以外，别无武器捍卫自己的哲学家起诉、判罪、处死！在本质上，苏格拉底坚持的立场是个人独立自由的立场，也是反民主的立场。通过对苏格拉底的审判，斯通揭示了民主与自由的矛盾性，民主政体的缺陷及其潜隐的危机。但是，他并不因此而否定民主，而是通过对民主的批判，使之趋于完善。民主是开放的，多维的，兼容的，而不是独裁者的招牌，多数的把戏；它必须使个人自由栖居其中，成为它赖以长存的基础。

董先生在译著中高度赞扬斯通，把他同苏格拉底相提并论，誉为一样的牛虻式人物。在董先生笔下，斯通不畏强权，特立独行，因此不仅不容于当道，而且在主流同行中也被侧目而视。但是，他们不得不钦佩他的人格，倾听他的言论；因为那是“美国新闻界唯一的荒野呼声”。为了深入地进行有关新闻自由和言论自由的理论探索，这位老报人居然在七十高龄之后，开始学习希腊文，目的是直接阅读希腊哲学原著和相关的史料。《苏格拉底的审判》便是这个痛苦的自我折磨的结果。从这里，我们可以看到董先生的人生价值的取向；其实，他不也是从很晚的时候才开始急跑步地进入西方人文思想的译介工作，喊出荒野的自由的呼声的吗？

七十年代末，即董先生说的第二次西学东渐时期，译业逐渐发达起来。最先涌现出来的是文学经典，因为争夺版权的缘故，拙劣的重译本至今源源不绝；紧接着是流行小说，西方刚刚问世，这里就上市了。严肃的科学著作却不多见，尤其是社会科学和人文科学著作，它们的翻译带有很大的盲目性；一些较成系统的丛书，也多从学科方面考虑，而不是从中国社会现实的需要出发。董先生不同。首先，翻译于他是一种生存方式和表达方式。在特定的历史环境里，倘非此不足以张正义，舒愤懑，董先生便不会翻译史传、小说、随笔；由于他是作为一个受难的中国人而存在的，这样的翻译，在多难的中国人中间就有了很大的代表性，容易引起共鸣。从所有这些著作看来，董先生并不止于控告和抗议；在情感的投射中，随处显示着历史理性的力量。知识分子角色的自我认知，赋予董先生以神圣的使命，驱使他在有限的余年，进一步选择并且翻译了数种基础性的思想理论文本。董先生始终是一位启蒙战士，所以不同于那些一般的信守“信达雅”的翻译家。许多翻译家，哪怕最著名的翻译家，他们的译事，都大抵不是出于专业的目的，就是关乎纯粹的个人趣味，很少有人做到像董先生这样跨越专业，以社会改造为旨归的。在翻译家那里，注重的仅仅是阅读，是知识；在董先生这里，注重的则是命运和前途，是关于社会人生的大问题的思考。董先生具有高度自觉的翻译意识，他的每种翻译，都是经过深思熟虑的；不存在偶发性，随机性，却有着惊人的稳定性。“我心匪石，不可转也。”他明白世界的大潮流，更明白中国。天不变，道亦不变，董先生是坚执于此道的。

因此，对于斯通，董先生更多地从萨依德论知识分子所称的“业余性”的视角加以评价。“在美国新闻史上，不乏声誉卓著的新闻从业者，”他说，“但是够得上新闻从业者典范的，恐怕只有I·F·斯通一人而已。”接着补充说，“不论别人的名声是多么煊赫，事业是多么庞大，影响是多么深远。因为只有斯通所追求的不是个人事业的成就，而是他始终坚信的新闻自由和独立的原则，因为只有他具有一个新闻从业者应该具有的社会责任感和良心。”在这里，他把知识分子人格同社会要求结合到一起来了。

在当代中国，谁是斯通？论翻译界，我知道的是，只有董乐山一人而已。

2000年7月

陈实

为陈实先生作

诗人、翻译家陈实先生已于七月一日中午在香港去世。

次日，黄元女士来电话告知这个消息，接着转达陈实先生生前的一份嘱托，希望我能为她即将出版的诗文集做一篇序文。我深知这份托付的份量。二十年来，由我联系、编辑和出版的陈实先生的译著有四种，遗憾的是，始终缘悭一面，其间有过不多的几次电话和通信，都是因为书稿的缘故。至于陈实先生的生平经历，几乎一无所知。

幸好留下这么多文字。对于真正的写作者来说，文字会展现她的一切，即便隐没了行迹，而精神仍将长久地存留原处，接引来者识辨跟寻。心想，对陈实先生来说，其实这也就够了。

越一日，黄元女士亲自带来陈实先生的文稿，还夹了几封私人通信，特意为我介绍她所认识的陈实先生，从生活到写作，巨细靡遗。她是陈实先生的挚友、版画家黄新波的女儿。听她的描述，感受那份热情、亲近、敬重，心里不禁起了一种莫名的感动。

文稿不包括译文，书信一类文字也不在内，只是创作，但都属于诗和散文；《流沙》在编目上称小说，其实也是散文。看来她特别喜爱这两类文体，大约这与她一生渴望自由呼吸有关。几年前为她出版过的集子《当时光老去》自然收在里面，那是她创作的一个小小切面，关于绘画和音乐的。而此刻，打开在我眼前的，乃是她穿越两个世纪的整个的精神人生。从前看她的文字，多是澄澈的溪水、月光和花朵，这时却看见了火和灰烬，还有身后的深渊。

从显白的意象到幽隐的思路，无论多么繁复和对立，都在交织着同一个主题，就是爱：爱自然，爱艺术，爱人类。陈实先生年幼失怙，随同母亲艰难度日，太早进入社会，辗转谋职。我以为，这段经历对她一生的影响是深刻的。因为爱的匮缺，所以她渴求；又因为有了爱的接受，所以她能给予。她爱善与美的一切，且能升华至一个圣洁的境界，有一种宗教徒式的关怀。但是，在文字中，她又不像泛神论者惠特曼那样浩浩天风般抒写抽象的人类之爱，她的爱总是具体的，具体的事物和具体的人。“我必须歌颂那黑暗中的坚忍、孤独寂寞的等待”，她这样歌唱早夭的蝉，风雨中折断的米兰，挣扎向上的鸽子，垂死的天鹅……在《人，猫鼠之间》等篇什里，她写了被歧视、被迫害、被遗弃的小动物，表达了一种欲爱而不能的伤感，期冀生命互助和心灵相通。她写了底层的人物，写童工，写失去丈夫的女人，失去儿子的庄稼汉……她把所有这些人认作“面貌不同的孪生兄弟，没有年纪的差别、性的差别”，担负着共同命运的一群。

陈实先生把心底的爱献给无名的弱小者、伤残者，无家可归的人。对于她，爱不仅是一种情感，而且是一种信仰，她藉此默默地守护着生命的尊严，人的尊严。

对朋友的挚爱，在陈实先生的作品中占有很大的份额，同时也是最动人的篇章。她自称朋友很少，二三人而已，而且极少交集，惟凭书信往来，甚至连书信也没有。朋友或者早逝，或者远别，文化圈中的社交又不是她所能适应的，可以想见她在香港这样一个繁华之地的孤独与寂寥。她有一首短诗《不在的人》，是阐释肖邦的《前奏曲》的，其实是对友情的缅怀：

为你把靠椅
放在书架旁边

为你把座灯
放在靠椅旁边

靠椅空着
座灯亮着

让它亮着

最后一个叠句用的真好。记忆、想象和意志中的永恒。为了这份友情，陈实先生珍藏它，又时时打磨它，展示它，让朋友的工作及其品质在人前放出银器般的光芒。

诗人戴望舒是最早帮助她发表作品的人，我见过陈实先生的手稿上留有他的修改的笔迹。她似乎惋惜戴望舒让翻译过多地占用了创作的时间，曾经说："如果你没有花那么多时间介绍西方文学到中国，如果你把用翻译近百万字散文和万多行诗的时间都用来写自己的诗，你今天在创作方面的成就会是怎么样的景象。”但是，她对于戴望舒所信守的“独乐乐，不如与众”的观念是理解的，服膺的，所以会暗暗追随。可以看到，她一生的写作同样以介绍西方文学为主，译文的数量，也同样远远地超出于创作之上。这不仅仅关乎写作，这是一种人生态度，一种襟怀，一般人不容易做到的。

论交情，陈实先生与画家黄新波之间更为深笃，她用“达到披肝沥胆的程度”来形容。早在抗战期间，他们一同在昆明英国东南亚盟军心理作战部工作，胜利后又一同复员香港，一同创办人间画会和人间书屋，做进步文化的拓荒者和播种者。自1949年黄新波离港之后，两人见面只有两次，其间甚至连单独深谈的机会也没有。陈实先生写过多篇关于黄新波的诗文，或介绍他的为人，或阐释他的画作，或诉说朋友间久积的情愫。记得有一篇题为《一次失去的会面》的散文，是纪念画家逝世十六周年而作的，可谓文情并茂，我首次把它编入《散文与人》丛刊发表，并多次向人推荐过。作为朋友，陈实先生为黄新波在大陆担任行政工作，身历连绵不断的政治运动，耗费了一生的时间而不能专注于艺术创作感到不平；她高度评价黄新波的极有限的油画创作，不甘心于他后来的中辍，以为有“野心”而得不到扩展，是画家在油画方面的损失。这是艺术批评家的话，也是朋友的话；除了陈实先生，大约世上再没有第二个人为黄新波说过类似的话了。

她这样评说黄新波的责任感：“这不是对一个人或对一个民族的责任，而是对人类的责任，整个地球的重量压在他头上。”她这样评说“新波的风格”，说他“把生命如此自然地渗透在作品”，“笔下的人物，无一不含有他自己的生命的一部分。”她这样评说黄新波的精神追求：“隔离了物质世界，天地阔了，层次多了”，“他要藉一种精神上的英雄行为来补救自己肉体上的怯弱的，苦痛的企图。”我以为，这些话，都不妨读作陈实先生的自白。

一个内心为爱所充盈的人，很难设想会生出憎恨。其实不然。从前，陈实先生的诗文给我的印象惟是纯粹而温静的爱，而今才发现，她的憎恨也是非常炽烈的。

爱是人性中的善，而恨，并不代表恶。恨是一种形态，不是本质。爱之敌惟是恶：恶人与恶行。在现实世界中，当恶横行无忌时，人类仅仅有爱是不够的；拒绝恨的结果，必将构成对善的侵害。鲁迅说，“能憎，才能爱”，这是的确的。

陈实先生是大爱者，也是大憎者。我不知道，原来她在二十岁的花季，就已经成长为一位反法西斯战士了。那时，她写的处女作《人与蝙蝠》，就是一首与黑暗和魔鬼作斗争的战歌。诗中写一个寻路的人，在夜间拒绝吸血鬼蝙蝠的诱惑和威胁，向太阳借了火种，烧毁“黑暗的巢穴”，最后以自我牺牲为追求者指示方向。全诗洋溢着一种英雄主义的激情：“即使一足踏上死亡的边沿，也要写出人类光荣的凯旋！”

上世纪六十年代的“文化大革命”是中国历史上的一场浩劫，一场大杀戮，死亡人数至今没有准确的数字。运动之初，陈实先生写下《我造反的兄弟》，可见她的清醒。“焚书坑儒的灾劫/不过改换时空进行”。那是一个造神运动，她宣告：“所有的神都已死去”；当人们都在诅咒行凶的红卫兵时，她追问“真正的凶手”。但是，她不知道要等到什么时候，“迷途的兄弟才会放下屠刀”，于是止不住为祖国母亲痛哭：

> 冬去春来，夏去秋来
> 岁月默默流转
> 而汉唐只是昨日的事
> 邯郸仍在枕中
> 母亲母亲你近在咫尺远在天涯

纵有三千丈白发

缚不住我乡思难收

记忆中你永远风华绝代

我为你哀哭为你心碎……

陈实先生的许多亲友都在文革中惨遭不幸，文革在她那里，是一个永远挥之不去的梦魇。

在陈实先生的文字中，令我感受最深的，是写于同一个夏天的两封信。那时，黄元女士身在异国，她遂向远游的小友报告身边的见闻。事情应当对她刺激太深，所以才有了一种不能已于言的急切的笔调。信中一连用了“失望”、“忧心”、“激愤”、“沮丧”、“羞愤”一类形容心理状态的词，还有不少副词如“很”、“非常”、“实在”等等，以及大批问号。其中一封信明显地被泪水洇了一大片，字迹模糊，却见渍痕历历。汪洋般的大爱，让我在读信的时候，立刻想到德国著名的女版画家珂勒惠支。

东欧剧变时，黄元女士目睹了柏林墙的坍毁，写信不免描述一番东德人奔向西方的人潮汹涌的情景。陈实先生的回信显得很兴奋，她认为，“民主改革已经形成潮流，不是小撮人可以扭转的”。在信中，她使用了“国际大气候”的词。当是出于改革前景的鼓舞罢，临末，她这样说道：“我真希望自己年轻十年，跟你一起努力建立一个有希望的中国。”

陈实先生的作品不多，但是澄明，深邃，精微，质朴而优雅，格调很高。看得出来，她承续的是西方文学和五四文学的根脉；其中透达的精神性，恰恰是当今大陆文学所缺乏的。对于物质生活，她平素没有什么希求，说是“只要有书，有音乐，有花，生活已经够好了”。她就凭藉这有限的介质，进入无限界的精神空间，在那里，与伟大的灵魂自由来往。她记录过一个“贪恋中的人物”谱系：莎士比亚、鲁迅、歌德、罗兰，还有贝多芬和肖邦，戈雅和高更。他们是百科全书式的人，思想者，奋斗者，美的缔造者，人道主义者和英雄主义者。

她崇仰英雄的行为，不满于自己的脆弱，而努力成为精神的强者。然而，由于她说的“知识分子对于悲剧的感受性”，在社会和人生中，她更多地看到悲剧的存在，感受其中最深最黑的痛苦，尤其到了晚年。

她有一首诗，阐释德沃夏克的《浪漫小品》：

如果用二十年时间

灌溉一株优昙华
开的花竟是蜻蛉

如果用三十年时间
等一个异地的亲人
接到的却是一纸讣闻

如果用四十年时间
熟读世上的字典
之后变成盲人

如果用一生时间
追求一个理想世界
找到的原来是废墟

叹一口气，认识
天地从来不仁

可以说，这是陈实先生一生的总结，对社会，对自己。无须辩白，这是悲观主义的。

人届晚年，如她所说，“立冬以后”，季候肃杀，故人凋零，更形孤独。她青年时得过肺结核病，身体本来便弱，此时更弱。八年前患绝症，五年前眼疾加剧，几近失明，阅读要借助仪器把字放大，书写也是大字；但她仍然工作，入院仍然工作，直至停止呼吸。在绝望和痛苦中坚持工作，当是何等悲壮！

陈实先生的一代，是理想主义的一代，在压迫和斗争中过来的一代，富于思想力和行动力的一代。今天，当我写下此文给又一位老人送行时，分明望见，整整的一代人已经渐行渐远了！

2013年7月18日

梁永曦

追忆与怀想

战士食糟糠

贤者处蒿莱

——〔晋〕阮籍

中学时代，很幸运遇到两位老师：一位是谢绍浈先生，他为我叩开文学的大门；另一位是梁永曦先生，却导引着不同的方向，在他那里，政治是先于文学的。在一个指鹿为马的时代里，是他教我学会思考，懂得真理的价值和风险。

两位老师都是“右派”。当时，无论在校内还是校外，“右派”都被视为可怕的异类。

语文课

很早以前，就听到在城里念书的大同学说起梁先生了。

那时，我们对有学问的老师特别好感，有点崇拜的味道。大同学说，梁先生原是县一中的教导主任，教学、演讲很有吸引力，像个大人物。做了右派之后，他被安排打扫厕所，后来派到图书馆做管理员，不卑不亢，仍然像个大人物。凡经梁先生打扫过的厕所，馒头丢到地板上，捡起来就可以入口；图书馆的卡片管理制度是在他手中完善的，几万张卡片全由他一个人用工整的小楷抄写。梁先生为人严肃，平日沉静少言，开会时喜欢坐在角落里，讨论时不轻易表态。若是主持人点名要他发言，他才缓缓起立，说：我赞成某某的意见，然后坐下。简洁极了。

我入读县一中时，学校追求“升学率”，梁先生已被重新起用，担任高中毕业班的语文教学。我坐的是“末班车”，听课只有半个学期，之后，他就给“四清”工作组撵下讲台了。——语文课原本是意识形态教科书，怎么能让“右派”染指呢！

比起别的教师，梁先生授课确是有些特别的。我猜度，他并没有遵照“教学大纲”的规定去做，时文的讲授进度偏快，把两篇论文——其中一篇是毛泽东撰写的著名社论《〈文汇报〉的资产阶级方向应当批判》——合并到一节课里来讲授，很明显压缩了课时；可是对古文的解说却是相当详细，除了古汉语知识之外，特别着重“人民性”的内容。当他讲《蹇叔哭师》，朗读蹇叔哭说等待收拾率队出征的儿子的尸骨时，声音微颤，全班同学为之动容。

印象中，梁先生是一个谨言慎行的人，课堂上却是鼓励学生自由提问，大胆发言。其他老师都喜欢搞“标准答案”，而他，是不讲求“统一”的。有一次，讲到恩格斯在马克思的墓前演说，他布置划分课文段落，一连提问了几个人，然后给出他的答案，这时，我举手发言，提出另一种分段法。他随即加以肯定，并解释说，他的划分侧重在马克思思想遗产的阐述，我则着眼于恩格斯特定情感的表达，所以两种划分都有理由成立。完了，还进一步引申说，视角不同，看问题的结果就会有不同，只要言之成理，不同的意见可以并存，正确的不一定是唯一的。

不久，梁先生应命到初中部教英语和数学去了。我嗒然若丧，同学们都感到可惜，然而无可如何。

随后，学校召开大会对我进行思想批判，从此我再也不能像从前一样，可以自由地到教师宿舍里私会梁先生了。在批判会的当天，有同学告诉我说，梁先生一直在会场边上远远站着，低头无语，一副难过的样子。为此，我很是感念他。

政治启蒙

毕业回乡务农，终日劳作，与世隔绝。

一天，梁先生突然到访。原来，他是跟随全县中学师生到漠西水利工地参加劳动来的。当他打听到工地离我所在的村子仅七八里路，放下行李，便径直寻上门来了。我弄不清楚如许的热情从何而来，而今寻思起来，觉得他太寂寞，长期的压抑需要找寻一个倾吐的出口；或者，也可能怀有一种近于传教士一般的神秘的使命，总之不仅出于师生情谊而已。

我留他吃过晚饭，在小屋里谈话到深夜，然后陪他踏月归去。从此，他每天晚饭后必到我的小屋里来，夜深才走。这样的来来往往持续了半个月左右，直到全体师生拔营回城“造反”才告结束。

梁先生每次进屋，坐下来就娓娓而谈，语调平缓，时露微笑，一改平日的作风。说话时，宽阔的前额下，一双深邃的眼睛定神看你，仿佛面对的是你深匿的灵魂似的。这样的谈话与授课无异，我偶尔插话，整个屋子只剩下一个缓慢而清晰的声音。

谈话很少涉及文学，几乎都同现实政治有关，谈历史也是谈政治。是一次政治启蒙。梁先生谈话很有技巧，也许并非出于技巧，而是习惯性地保持某种警惕，很多问题引而不发，引发开来也往往言在彼而意在此。他例举各种事象或观点，如果不注意找到联系的线索，是不容易得出结论来的。

那时，“文革”“山雨欲来”，惊动朝野。他认为这是一场旨在清肃“老干部”和知识分子的运动。可是他不作这般概括，却是另有说法：中国历代开国皇帝必然对付两批人，一批是开国功臣，另一批是知识分子。又强调说，皇帝愈是英明有魄力，愈是如此，并举了刘邦和朱元璋做例子。围绕宫廷政治，他还说了“清君侧”和“党锢之祸”的故事。“文革”时有一句流行语叫做“相信党，相信群众”，他就重复解说“党”和“群众”这样两大政治要素。他指出，“文革”并非“史无前例”，而是由来已久，“集大成”而已。

上世纪六十年代初，最高指示：“工业学大庆，农业学大寨，全国学人民解放军”。至“文革”，国防部长林彪荣升“副统帅”，以军干政，甚至代政，全国军管，地位显赫。梁先生说：全国成了大兵营，这是反常的。但他同时指出，军队代表权力，这又是最正常不过的事。他提到现代京剧《沙家浜》里胡传魁司令的一句台词“有枪便是草头王”，笑说：中国人就是迷信暴力，因为它是权力的重要来源。与此同时，他介绍了军队在西方民主国家中的地位和作用，还说到苏联1956年出兵匈牙利，以及赫鲁晓夫集团与军队将领结盟的种种事情。

作为一个文化符号，赫鲁晓夫在“文革”中代表“政治野心家”而臭名昭著。意外的是，梁先生对赫鲁晓夫做了正面的评价。他对“第二国际”的几位领袖，以及后来的陶里亚蒂等似乎也颇有好感。对于西方的社会民主党，被称为“西马”的一些离经叛道的理论，他是欣赏的。

有关个人崇拜问题，梁先生谈得比较多。虽然那时，社会未及形成“红海洋”的场面，没有后来的“早请示晚汇报”的一套，他已经明显察觉到了未来的态势。从中共“一大”，到“七大”“八大”，他大谈党史，乃及于“毛泽东思想”的词源考，《东方红》的演变史等等。他要告诉我的是，许多历史真相被遮蔽了，需要用鲁迅推介的“推背图”的方法重新翻过来看。作为参照，他常常扯上国际共运史和苏联党史，多次谈到“民主集中制”问题。对于这个溯源于列宁的原则，他的解说是：“民主”与“集中”，看起来是辩证的，实践起来是目的论的；“民主”是为了“集中”，而且最后也必然趋于“集中”。

谈到毛泽东，梁先生让我注意摄于延安窑洞书桌前的一张照片，说旁边堆放的书籍中，有一本就是《资治通鉴》。他特别强调毛泽东思想的本土资源。记得有一次谈话，他先背了一条关于“政策和策略是党的生命”的语录，然后说，毛泽东不但是战略家，而且是策略家，是高超的斗争艺术使毛泽东在历次斗争中“战无不胜”。他讲毛泽东如何善于使用“阳谋”，列举了多个有关引蛇出洞，声东击西，各个击破，集中力量打击主要敌人等策略的例子。记得他还曾引用毛泽东的一句诗：“无限风光在险峰”，说毛泽东喜欢“险”，“险”在大师级人物那里是好玩的。

谈到党内的“残酷斗争，无情打击”，梁先生感慨颇深。事实上，他就是在斗争中被抛弃的众多牺牲者之一。他从苏区打AB团说起，到延安的“抢救运动”，建国后的肃反、反右和“四清运动”，其中牵涉许多著名的事件和人物。他说到陈独秀的党籍问题，瞿秋白被留下打游击，刘志丹之死，高岗自杀，潘汉年下狱，张闻天和彭德怀为何被扭到一个“集团”里来批判，等等。对于这些人，他多抱尊重和同情的态度。他有一个说法，叫“消化上层”，认为社会上许多的所谓“运动”，其实都是由此引起的。

随着“文革”的展开，报纸上领导人排序有变：陶铸升任中宣部长，跃居第四位，而刘少奇、邓小平已经降至七位之后。梁先生敏感于这种变化，预言他们都将被“打倒”。他引用了一句古谚：“欲将取之，必先予之”，说：现在所以把陶铸的位置提前，是一种“政治障眼法”；对“文革”发动者来说，目的全在于麻痹“对方”，减小运动阻力。所言很快得到事实的验证，预见之准确，简直令人不敢置信。

梁先生旁征博引，种种知识来源，并不限于一般书籍。那时候，他就已经向我介绍了列宁遗嘱；还明确指出，《联共（布）党史》是斯大林编造的。他说，职位不等于地位，权力不等于权威；职位可以随时撤换，权力可以轻易丧失，惟有建立权威地位才是稳固的。他同时解释说，这也就是为什么要神化领袖的缘由。毛泽东的著作，在他那里似乎也有一种“版本学”。他告诉我，像《新民主主义论》、《在延安文艺座谈会上的讲话》，以及后来的《关于正确处理人民内部矛盾》和《在中国共产党全国宣传工作会议上的讲话》，后来都是做了修改的。像《讲话》，原来有“脱裤子”、“割尾巴”一类文字，出版《毛选》时删掉了。还告诉我，冯雪峰的《回忆鲁迅》，在重庆报纸发表时与1949年后出版的单行本并不完全相同，如此等等。在他那里，不但对历史人物有定见，对于大的时代思潮、政治制度、社会运动，也都有相当完整的个人观点。

梁先生的谈话为我揭开眼罩，使我看清楚了历史和眼前的事物。我感到新异，激动中，伴随莫名的惊悸。所有这些观点，是真正“反潮流”的；在“文革”中，只要公开其中任何一个部分，都会被戴上“攻击”的罪名而足以致命。

关于他自己，梁先生谈得很少。他只说过1939年入党，后来脱党了，加入“民盟”；领导过学潮和地方起义，做过地下工作，解放海南岛前夕，曾同叶剑英等人一起吃过狗肉。当他说起这些的时候，大多是偶然涉及，轻描淡写，像是叙说别人的事情似的。至于“脱党”，他说是简单极了，过去搞地下工作都是单线联系的，只要找不到联系人，或者联系人不予承认，都有可能被视为脱离组织，甚至因此构成所谓的“历史问题”。为了组织而牺牲个人，他说，这样的例子颇不少。

在中国，梁先生一生的经历算是典型的。那一代古典共产党人，许多都是后来从自身和同伴的命运中觉悟到了革命的真谛。对此，顾准有一个经典的说法是：“从理想主义到经验主义”。

“文革”中

自梁先生走后，“文革”的烈火，很快从校园蔓延至社会。身为“右派”，不问而知是首批“牛鬼蛇神”，在打倒之列。后来听说梁先生随众被游斗过两回，没有伤及皮肉，是很可庆幸的。而我，受了政治的蛊惑，率先写了一张“炮轰”公社党委的大字报，用当时流行的语言来形容，正所谓“阶级敌人自动跳了出来”，结果被重重地“打倒在地”，且累及家父，实实在在“再踏上一只脚”。

家乡地处偏僻，交通不便，加上形势日趋恶化，到处武斗，几年没有出城。后来稍感安定，又有了自行车，这才有机会看望梁先生。

梁先生全家租住在一个用木板间隔起来的狭窄的廊间里，光线很暗。我坐下来，他就向我介绍房东的情况，暗示谈话不算太安全。这种对空间的敏感，使我想起他曾经从事地下斗争的历史。果然，他在自己家里说话，反而不如在我家时的随意。有过两次，师生两人沿着环城河边的马路来来回回地边走边谈，走累了，就靠在水泥桥的栏杆上。

我向梁先生递交长诗《胜利酒》，希望听到他的批评意见。诗是写“文革”中两派“大联合”的，带有颂歌性质。再次见到梁先生，他把抄写长诗的册子还给我，打开看时，那上面用红笔勾划过好些地方，没有批语，也不留其他文字。谈到这首诗，梁先生没有直接批评，可是，对我的基本立场，诗的主题，显然是不以为然的。他恳切而又严肃地表示了如下意见：颂歌不是不可以写，要看歌颂的对象是什么。有两样东西值得歌颂：一个是人民，另一个是社会主义。又补充说，社会主义有两百多年历史，在世界上有许多种类，苏联式的只是其中一种；但无论如何，作为一种社会理想，歌颂它，同歌颂人民一样，是不会过时的。当时，个人崇拜达至高潮，“四个伟大”，“誓死捍卫”，政治噪音不绝于耳。正是在这个语境中，梁先生提出了一个“过时”与否的大问题。只是我这个学生过于鲁钝，没完全听进去，继续随风鼓噪。几年过后，尤其在接连摔跤以后，才真正体会到它的深刻性，并为之汗颜不已。

1968年，“军宣队”进村，把家父打成“现行反革命”，关押，揪斗，时间将近一年。1972年，又来了

“工作组”，复制了同一故事。见到梁先生时，先前那种少年意气，早已消磨净尽。他窥知我的情绪，便说起了人生哲学；这是一门新的课程，过去未曾讲授过的。

他谈达尔文的进化论，谈“社会达尔文主义”，然后从社会转向个体。“适者生存”，他解析说，要改造社会必先适应社会；假使不能适应，尤其在政治方面不能适应，就势必被淘汰掉。说到人生，他大谈鲁迅的“韧战”思想。这时，我才晓得他对鲁迅的研读之深。他说，鲁迅主张“壕堑战”，不只一次反对许褚式的赤膊上阵；在解说鲁迅的杂文《世故三昧》之后，总结说，鲁迅是激进的，又是“世故”的。在他强调要学会保护自己时，也拿鲁迅做例子，说鲁迅在广州时期，处境险恶，却是左右逢源，极其不易。其中特别谈到那篇《魏晋风度与药及酒之关系》的演讲，一边说，一边笑着赞叹：“睿智啊！”

大约在1970年左右，梁先生下放到县里最边远的一个渔村中学任教，全家随之西迁，城里的“根据地”没有了。数年之后，我才在县教育局临时安排的一个乱哄哄的教工宿舍里见到梁先生，时间非常短暂。

至于梁先生在“文革”中的一些事情，是同校任教的他的大儿子加尼告诉我的。

“文革”开始后，梁先生就常常告诫他的两个孩子说："要清清白白做人"，"要夹着尾巴做人"。他意识到"黑五类子女"在"文革"中的险恶处境。加尼在县二中读书，那时正展开对"资产阶级反动路线"（也称"刘邓路线"）的批判。加尼加入"造反派"，因为字写得好，专门负责抄写大字报。一天，当他正抄写得起劲的时候，梁先生把他叫到房间，压低嗓音，狠狠地骂了大半个钟头。加尼回忆说，父亲生气极了，反复说政治是复杂的，哪里像你想的那么简单！说到激忿处还拍桌子，最后说："你必须写大字报，声明退出战斗队！"还补充了一句："不然就脱离父子关系！"

1966年底，梁先生动员加尼下乡当"知青"。加尼说，父亲到底出于何种考虑不得而知，当时只是对他说，在学校乱搞没什么意思，不如到农村去。他当然不愿意离开一个习惯了的集体，但是不得已，只好服从。轰轰烈烈的"上山下乡"运动发生在1968年，加尼下乡提前了两年；即使他随大伙留在学校，临到后来的大清洗式的运动也很难幸免。据加尼回忆，他下乡的两年，正是武斗渐趋激烈的时候，多间中学都有学生被打死打伤，他也有同学死于武斗之中。

整个"文革"期间，我和梁先生很少通信。通信中，他对我的称呼是"同志"。信里只说事情，不记观点，使我想起鲁迅的流水账式的日记。“同志”是一个流行的用词，但我知道，它出自梁先生的手笔，则具有了本来的意义。有一种挚爱，热忱，平等的尊重，一种心灵互通、彼此支持的温暖。

放弃与保留

上世纪七十年代末，梁先生随同数十万“右派”一起获得改正之后，调至湛江市一所师范大学任教。我于1981年初秋到了广州，在一家刚成立的出版社做编辑工作。我们之间的空间区隔愈加遥远了。人生总是为命运所驱策，这是没有办法的事。

那时，“文革”结束不久，人们一面清理废墟，一面建造新的乌托邦世界。与五十年代初一样，新事物不断出现，整个国家充满朝气。在“拨乱反正”，平反冤假错案的小旋风里，梁先生的好些旧日战友上门或写信动员他，要他找“关系”上访，争取恢复党籍。其实，他有不少熟识的人在省委省政府部门工作，包括由他介绍入党的人，可是他到底不为所动，一个也没有去找。加尼回忆说，在家里亲自听到一位战友这样劝告他说：“你不为自己考虑，也应当为后一代着想。”他的回答很决绝：

“为了儿女，搞这些东西更没有必要！”

据加尼的说法，梁先生于1945年参加广西钦县小董武装起义，担任起义大队的教导员，起义失败后，从此与组织失去了联系。当时，不少失散的地下党员都设法到广州读书。梁先生入读文理学院，随即加入省地下学联，并成为其中的骨干分子。1949年6月，由南方局安排，在东江纵队护送下，他以教导员身份赴香港开展秘密活动；11月调到广东省支前司令部，参与解放海南的战事。新政权成立以后，他自觉不适应省政府部门工作，主动提出从事地方教育的要求。他曾经对我说过，那时候太“纯洁”，除了革命还是革命，没有一点私念，土改时家里被评为“地主”也不知道。他说，只要稍为顾及一下家庭，结果总不至于如此。而且，以他对政策的了解，这个成份应属错划，但是，他没有出面纠正。他是“革命干部”，他相信党，相信群众。

“曾经沧海难为水。”几十年间，许多与革命相关联的珍贵无比的东西，梁先生都坦然放弃了。在高校，教授的身份是一笔可观的资本，所以评职称时争夺激烈。加尼说，因名额限制，有领导动员梁先生放弃申报，理由是他将来可以享受离休干部某个级别的待遇，论收入，职称无足轻重云云。他一样放弃了。

我不认为，放弃所有这些是出于虚无主义，或者揖让主义。所谓“水至清则无鱼”，梁先生洞明世事，确乎把一切看透了；然而，在透澈的理性里面，毕竟有游鱼在。我相信，不管他放弃了多少，始终有一份执意存留的东西，放不下的东西。

梁先生有一位战友，名叫林芳，原是他介绍入党的，曾一起到广西从事地下斗争，后来牺牲了。湛江寸金桥公园在九十年代修建了一座烈士纪念碑，碑上铭记着粤桂琼南路游击队的革命斗争史，其中就刻有林芳的名字。纪念碑落成后，梁先生每年清明节都会买了鲜花，一个人来到碑前祭奠，默默地站几分钟，然后离开。年年如此，最后一年走不动了，乃由保姆搀扶着前去。

梁先生行动时没有告诉家人，保姆似乎也守着秘密，是学校的同事看见以后告诉加尼的。

永远的空白

自从来到广州之后，我与梁先生会面仅有两次，写信也不过寥寥几通。经过多次政治运动，尤其文革，我们都把通信视为危险的工具，根本不相信它可以用来讨论政治和思想问题。在我，惟是希望能够永远像一个中学生那样，勤勉地阅读和写作，以不太差的成绩，答报梁先生的特殊教育。每当出版新著，我必定最先题献给他，像交作业本一样。而他，每接到赠书，也必定及时复信，在“同志”下面，写上一段勖勉的话。

整个八十年代，对知识界来说是一个“光荣与梦想”的时代，高歌猛进的时代，至今津津乐道。即使在那时，在我的印象中，梁先生依然抱持一种审慎的乐观态度。九十年代是一个转折，但从此，我再也听不到他对时局的分析了。在电话里，跟通信一样，他是不谈论政治的。

退休之后，梁先生的身体大不如前，有一段时间患肠胃病，缠绵时日，我曾两次托人到香港买药寄去。后来腰部受伤，致使不能直立，他仍然坚持天天散步。有一次，他的一位中文系同事在电话里告诉我，梁先生的头部已经弯及腰膝，实在步履艰难，每次散步回家，中途都要歇息多次。我听罢大惊，想不到多年不见，先生已经衰残至此地步。这时，我不禁对着话筒说起梁先生让我敬重的种种，对方大为惊讶，说梁先生“述而不作”，大家对他的思想学问全无了解，除了上课，他平时是极少与同事交谈的。

岂止对同事如此，据加尼说，他们父子之间的交流也并不多。在加尼眼中，梁先生是一位严父，本来，他很想知道父亲从共产党人到民主人士到右派分子一路走来的详细经历，就是不敢提问，而梁先生也不曾主动说起。可以想知，梁先生的内心一定有一间幽闭的屋子，门扉从来不曾敞开，偶尔开启，也很难看清储存在屋子里的东西。

2007年秋，听说梁先生入院已久，便邀同另一位老师一起驱车赴湛江看望。出发前，我特地准备了一个厚厚的笔记本子，打算在湛江多留几天，仔细聆听梁先生的另一番讲述，把他几十年艰苦备尝的经验完整地记录下来。

下车以后，两人立即奔往医院。在走廊里，正好看见梁先生坐在轮椅上，由加尼和护士推着从卫生间里出来。我赶忙走上前去和他打招呼，他点了点头，清癯的脸上泛出笑容，似乎很高兴看到我们。到了病房门口，他示意让他下来。当他站到眼前，我发现他委实变矮小了，整个身子屈折成直角，走路简直如同爬行，从门口到病床，足足用了好几分钟。

梁先生不肯躺下，坐在床上跟我们说话。他的整个面貌没有太大改变，头发白了许多，精神却不见委顿；谈话时，眼睛仍然习惯地观察一般地定神看着我们，只是语速较从前缓慢。说过病情，他问我在什么单位工作，我颇感诧异，过了一会，又重复问了一遍。加尼解释说，经过一次中风，脑部大约留有血栓，此外，还有轻度的脑萎缩，记忆力已经不行了。我非常失望，同时感到悲哀。作为战士，他失去了阵地；作为演员，他失去了舞台；作为一个普通人，他失去了许多应有的权利，临到最后，连记忆与思考的权利都被剥夺了。

离开医院，整个晚上呆在宾馆，夜来风声雨声，辗转反侧地睡不着觉。次日清早，只好向梁先生握手道别。

笔记本静卧在行李箱里一动未动，留下的是永远的空白。

次年暮春，加尼来电话，说梁先生已经病故。

一个被遗弃的革命者，沉沦民间的政治家，缄默的公共知识分子，内心流放者，就这样离开了这个他曾经为之奋斗、为之惊恐、为之忧患不已的世界。人们不会关注他，了解他，谈论他；世界毕竟广漠得很，不会理会一个无足轻重的角色。

愿先生安息！

2012年6月4日

遇罗克

夜读遇罗克

感谢徐君，从北京寄来她和朋友们编的遇罗克文集，使我得以重读《出身论》，以及与此相连的搅拌着整整一代青年的热血的文字，在严寒的今夜。

最早知道《出身论》这名目，还是在三十年前，读了辗转传来的一份皱巴巴的红卫兵小报；当时，记得是起了深深的共鸣的。在六十年代的舞台上，我曾经做过 “牛鬼蛇神”，有过被围斗和关押的经历，“不准革命”。在汹涌而至的湍流面前，作为边缘人物，怎么能不感奋于为所有被压抑的心灵呼喊的声音呢？ 其实，直到一九八〇年，我才从官方的一份权威性报纸第一次读到《出身论》全文。此时，作者已经同张志新等一起被追封为“英雄”了。一个人一旦英雄化以后，原来闪光的物质，往往会被掩盖许多；只有当他恢复为悲剧人物，人们才能从黑暗的深隐处看见生命的异质的光华。事实上，不出几年，记忆中的烈士的鲜血就被冲淡了。正如鲁迅说的，是“淡淡的血痕”。再过一些时日，恐怕连这淡淡的痕迹，也将快要消失为一片空无的罢?

单是为此，遗文的出版，就是一件值得称幸的事。

然而，书的销售并不见佳。这结局，本来早当料到的；徐君偏不甘心，不惜挂了长途电话，希望我也来写点文字代为鼓吹。无论对于死者还是生者，我能说些什么？记起鲁迅在介绍德国女版画家珂勒惠支时写下的一段话，不禁顿增了无语的悲哀。他说：“野地上有一堆烧过的纸灰，旧墙上有几个划出的图画，经过的人是大抵未必注意的，然而这些里面，各各藏着一些意义，是爱，是悲哀，是愤怒，…… 而且往往比叫了出来的更猛烈。也有几个人懂得这意义。”我怀疑，最后一句是硬加进去的，恰如他给小说《药》的末尾平添的花环一般。

他是绝望的。

我曾经这样问过一位大学历史系的青年教师：“你可否解释一下，什么叫作‘可以教育好的子女’？”

想不到他像小学生碰到了微积分问题一样，瞠然不知所答。

二十余年毕竟已成过去。许多流行的名词、口号、徽章、仪式，已经不复存在于公共空间和日常生活之中。只要怯于言说，历史就只能剩下一排空车厢。我读过一些外国书，像《受害的一代》、《生而有罪》等纪实性作品，或者像《我儿子的故事》一样的虚构类作品，知道沙俄时代的贵族和军官的子女、富农和“反革命”的子女、犹太人的子女、黑人奴隶的子女、甚至纳粹的子女，他们带着父母的不容置换的血统，如何屈辱地挣扎生活在苏联，在德国，在殖民国家，在充满歧视、凌侮、残暴、专制和黑暗的土地上。我所以知道，是因为在他们中间，毕竟有人敢于说出罪恶的秘密；在世界上，毕竟有一些上帝的子女，怀着悲悯的心情关注着他们，探寻着他们，记录着他们。他们如此珍惜自己的经历、别人的经历——广大人类的苦难记忆。在中国，有哪一个用笔工作的人，曾经给予“黑七类”的子女——因为一道“最高指示”，便衍生出一个更漂亮其实更带侮辱性的名词，叫“可以教育好的子女”——以同情的一瞥？ 谁还记得起他们？ 整个国家，在以每年十余万种的繁殖速度累积的出版物中，至今没有一种是以他们的命运为主题的社会学专著，哪怕文学专著！

然而，“出身”这东西，就像一块长长的烙铁烫在这些人的心上，剧痛和流血永无止期。从1949年到1979年，仅此计算便横跨了三个十年，这是一个何等深重的伤口！这批先天的罪人，从识字开始，就害怕填写各种与出身有关的表格。在一生中，他们遭遇了太多的障碍：参军、招工、“提干”、求偶、进大学……一代又一代，像一群吃草的动物，天性驯良、柔弱，离群索居。在众人面前，他们总是保守沉默，不愿谈说自己的亲人，甚至回避自己。生活，由来这样教会他们认识自己的身份：异类，卑贱者，准专政对象。等到“文化大革命”起来，就又多出了一个称谓：“狗崽子”。他们期待我们什么呢？为什么要期待？难道真的存在着“人类之爱”？什么正义和良知，它们在哪里？ 有谁能说出它们在哪里？

一个叫遇罗克的说了！

这个孱弱的青年，内倾的青年，二十出头就开始变得驼背的青年，如果不是属于他们当中的一分子，不是过早地失去那么多，不是有着数倍于同代人的折磨一般的思考，他有勇气说出他意识到的一切吗？

他终于说了！当他伸手在《中学文革报》上点燃第一

支火焰，那逆风千里的气势，顷刻间便惊动朝野。人们排着长队购买它，阅读它，读者来信从全国各地像雪片一样飞来，以致邮递员不堪负载，要他的伙伴蹬着三轮车到邮局领取邮袋；袋里的来信，每天都有几千封。《出身论》！多少怯弱的心灵因它而猛烈地跳动！多少阴郁而干涸的眼睛，因它而泪水滂沱！多少绷紧的嘴唇因它而撕裂般地号啕不止……

在那个疯狂的年代，遇罗克不免要使用一种近乎狂热的语言，表达属于自己的思想。但是，他抨击的目标是明确的，那就是老红卫兵鼓吹的“血统论”，中国式的“新的种姓制度”。这是抗议的声音。他为他广大的同类向社会吁求，从“形‘左’实右反动路线”那里要回来应有的权利：平等的权利，“革命”的权利，用当时规范的语言说，就是背叛自己的家庭、保卫党中央、保卫毛主席、参加红卫兵的权利。

后来，我读到了美国的《独立宣言》，法国的《人权和公民权宣言》，联合国的《世界人权宣言》，读到了卢梭、洛克、潘恩，我才知道什么叫作“人”，什么叫作“人权”。不曾拥有人权的人算什么人呢？ 法国人勒鲁在为百科全书撰写的关于平等的词条中说到，公民平等和人的平等是两个彼此不同的、互不依赖的观念，前者只是后者的一个殊相罢了。也就是说，仅仅要求公民平等是不够的。他的结论是，要确立政治权利的基础，必须达到人类平等；在此之前，根本没有权利可言。人人生而平等，这个现代人权观念，大约已经写进各个民族国家的宪法里去了。然而，我们——连这个词也是虚构的，因为实际上只有遇罗克一个人——到了二十世纪六十年代，还得为出身问题辩护。《出身论》说：我们是一批齿轮和螺丝钉，一模一样的齿轮和螺丝钉，并不生锈，让我们回到革命大机器那里去吧！

可怜的遇罗克！

他说的仅仅是这些。仅仅为了这些，当局便如此结束了一个人的生命；而一个人，仅仅为了说出这些，便如此献出了青春的生命，唯一的生命。

在红卫兵运动进入高潮的时候，我的一位“右派”老师见到我，这样向我讲说达尔文的进化论：“人第一要能生存。要生存，就必须适应环境，不然就要被淘汰掉。至于改造，那是退一步的；因为没有适应，也就没有了改造。”可是，已经适应了的人还会想到改造么？ 后来挨了批斗，才知道老师的话，原来是经验之谈。关于国民性，我们说过许多，要而言之，其实无非“适应”两个字。原先在哪里，现在当然一样在那里，——这就是传统。

我们极力设法适应社会，从不要求社会适应我们；我们的所有个人为社会尽义务，从不要求社会为个人尽义务。所谓人权，本来是包含了社会的义务在内的。可是，在什么时候，我们曾经强迫过社会就范呢？

遇罗克，我们这一代的佼佼者，只要比较一下文集中的日记和文章，就会知道，这中间有着多大程度的区别。只要他跨出个人的房间，就会立刻变得拘谨起来。在日记里，他是一个怀疑论者，十足的思想者和革命者；而在公开发表的文字中，总不免要蒙上一具庸人的面具。他那么认真地划分“阶级论”和“唯成分论”的界限，指斥工作队抹杀了“阶级路线”，认为所有的青年都不能放弃“思想改造”；他以极其时髦的语言，鼓动自己的同类握紧“战无不胜的思想武器”，起而捍卫“革命路线”，紧跟一个人干革命。这就是“重在表现”的全部。什么叫革命？ 它首先是千千万万个人的内在风暴，是合目的性的出路要求，是源自底层的巨大的历史变动。“把无产阶级文化大革命进行到底！”从国家政要到草野小民，谁能确切地知道道路最终通往哪里？所谓“革命”，不过清扫一下塔楼而已。我们乱哄哄地帮忙清扫，然后有秩序地下来，回到原来的所在，一个依然满布污泥浊水的地方。革命，或者变换了温和的口气叫改革，无疑是一种主体行动，然而始终外在于我们。革命成了主体。我们匍匐在它下面，以奴隶的语言乞讨被接纳的资格，然后从这资格出发，去替恩许给我们以资格的人或神，谋取他们所需要的一切。我们是谁？我们是狗崽子或者不是狗崽子有什么区别呢？临到最后，我们仍然遭到了拒绝。

人是一种乌托邦。人应当有无限发展的余地，但起点是有限的：生命，自由，追求幸福或反抗压迫。惟其是有限的、基本的，因而是最高的、神圣不可侵犯的。所谓人权，称指的是个人权利，而不是集体的权利、社会的权利。现代人权观念意味着个人权利永远处于优先的地位，无论什么时候，都不容许借用“集体”、“人民”、“社会”、“国家”的名义，将它牺牲在某一个人或集团手里。的确，权利观念承认对权利的一定的限制，但限制必须受限制，而不能随意地，也即无限地扩大到足以吞噬权利的地步，尤其是生命权。

然而，社会是强大的。权力无所不至。作为受难的一代的代表——遇罗克，随着思想自由的丧失，竟是极其轻易地把生命权给失掉了！

遇罗克要做“革命者”，结果成了“反革命”。这是一个嘲讽。社会以不可违抗的意志翻云覆雨。我们的尊贵的学者总是诅咒革命，对于一个灭绝理性的社会，居心叵测的社会，草菅人命的社会，除了革命，在你们所有宽容优雅的疗治方案中，有哪一个方案可以使我们免于恐怖？

革命总是无法预期发生。在沙漠中酝酿一场雷暴雨也许容易，要在缺乏一定湿度的人文空气中爆发一场革命，则实在太难。世界革命是近代的事情。在中世纪以前，为史书所记载的所有的暴力行动都只能是造反、暴乱、政变，并非革命，如果没有但丁和薄伽丘，没有藐视教会的路德，没有多疑的笛卡尔，没有处心积虑引导人们把自己看作唯一合法的主人的卢梭，就没有法国大革命。什么叫“近代”或者“现代”？因为在那里有人的产生。首先，这不是一个时间概念问题。如果没有人，没有人的生存空间，现代也可以退为野蛮的往古的。真正意义上的革命，都是带有现代性的，为人立法的，是人的革命。革命只能给我们带来自由和平等，带来合乎人性的新秩序，而不是相反。

遇罗克反驳“血统论”时，曾经辩护说社会影响超过家庭影响，这是正确的。正因为如此，人要成其为人，就必先改造社会。但是，他接着说，“我们的社会影响是好的。”好在哪里呢？“血统论”在一个共和的国度里居然成了问题。从四十年代开始，我们批判“人性论”；直至八十年代，人道主义仍然大倒其霉，不是异端的理论，就是“伟大的空话”。在一个普遍缺乏人权观念和个人道德的社会里，革命将从哪里获取它的资源？ 遇罗克，一个富于革命热忱的年轻的思想者，结果为一场号称“史无前例”的“大革命”所扼死。应当说，这是合乎逻辑的。

可以肯定，一个连生命权也得不到保证的时代，无辜的死者绝对不只一人。正当遇罗克饮弹死去的同时，大批的黑七类及其子女，在光天化日之下迅速陷入死亡，有如一场鼠疫。我的熟人圈子本来十分有限，其中，便有不少人死于这场无妄之灾：有枪杀的，有用棍棒打死的，有捆绑了推到河里淹死的，有活埋的，死后往往不见尸首。“革命”之前有法制，“革命”之际有权威，为什么都无法制止如此惨无人道的行为？ 长期以来，我们接受的惟有兽的教育，没有人的教育。仇恨和杀戮是受到鼓励的。我们只知道“阶级敌人”，不知道他们是“人类伙伴”，不懂得爱他们，甚至根本不懂得爱。生命是同爱连在一起的。在这个世界上，既不被爱，也不能爱，遇罗克居然还会想到要一张叫作“革命权”——其实是政治参与权——的入门券，现在回头看起来，未免太奢侈一点了！

此时临近除夕，在这个最深最黑的夜晚，读着遇罗克当年写下的灼烈的文字，想着他存在或不存在的意义，心里是无边的荒寒……

据说，当今社会已经消灭了阶级，那么《出身论》将继续以檄文的形式，还是以文献的形式出现？ 其中的原则是永存的，抑或只配封存于历史的记忆？那许多具有时代特征的话语，当变换了新的语境之后，是否仍然可以找到相对应的说法？在人类解放的道路上，我们到底走了多远呢？

“夜正长，路也正长。”我的脑际不断缠绕着鲁迅《为了忘却的记念》的结尾，眼前像有一个影子，渐渐向我走来。我看清了那是遇罗克。他那么孤独。他走在同时代人的前面，却又始终被西方世界抛在后头。他越来越近地走向我，仿佛是一种提醒或催促，苍茫间猛然记起他的诗句来：

千里雪原泛夜光，
诗情人意两茫茫。

前村无路凭君踏，

路也迢迢夜也长！……

1999年2月7日

悼一禾

这是一个特别容易忘却的年头。大抵因为穷于应付眼前的事物，诸如住房，菜价，国库券与彩票等等的缘故，对于往事，人们已经不再有从前的那份眷顾的热情了。记忆如此的不值得信任。甚至连自己参与的有声有色的街头剧，在有限的时日中，也都可以消匿得毫无踪影。

我一样变得健忘多了。但是，有一位叫骆一禾的朋友，倒也还能时时记得起来。

十年前，由于向冬的推荐，我在所编的短命的刊物《青年诗坛》上，第一次发表他的诗作。大约这是他所愿意追怀的吧，几次来信，都提起所谓的“《诗坛》时代”。其时，他正在北大读书；到了临近毕业，携同另外

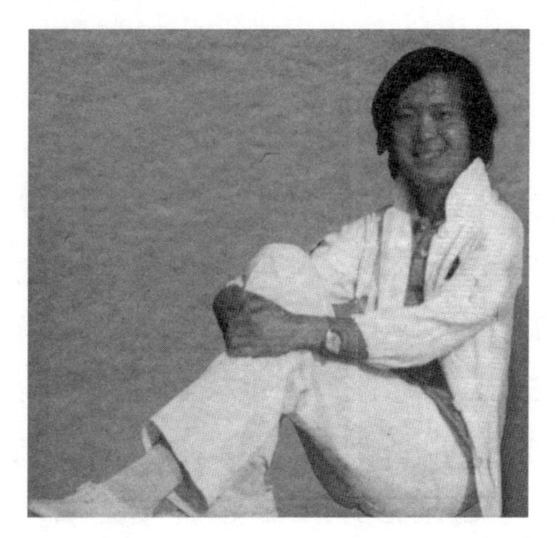

骆一禾

的同学南来广州，我们便在向冬做东的宴席间见面认识了。在流花公园的草地上，大家一同倾谈，照相，盘桓了许久。

一年过后，我到北京组稿，接送都是一禾。在陌生的京都，我完全恢复了一个乡下人的呆相，没有一个向导，实在走不出胡同的迷阵。可是，除了一禾，再也找不到一个可依赖的人了。这时，他已经分配到《十月》杂志社工作；为了陪我，请了整一周的假，即便上班，也没有一天不去招待所里看我的。他陪我找人，游览，购物，甚至结账，寄信一类极细琐的事，也都帮忙着做。临别时，我看见他的眼圈潮红了，人也突然变得沉默起来，站在月台上只是不断地缓缓扬手，我把头悬在窗外看他渐渐远去，心里不无惜别之意。不过，应当承认，告别而无忧伤，无论如何算不得交谊深厚的。

朋友这个词，对我来说至今仍感陌生。在乡下，最亲密莫过于一起玩泥巴长大的伙伴了；人类最本真的一种关系，却从来不以“朋友”相称。一旦置身都市，即像一头野兽从黑森林里突然来到黎明的河滩，四顾苍茫，绝无同类。对周围一切，我不得不怀抱戒备的心理，何敢期待友情呢？

两年过去，接到一禾收读我寄赠的《人间鲁迅》的来信；这时，我才发现，世上竟然还有那么一个人，在冠盖如云的所在倾听我。

信用“十月”的笺纸书写，计八页，密密匝匝全是蝇头小字。他仔细地抚摩过敲打过我书中的每一页，每一行，甚至每一句话；或表示同感，或直率地提出反对意见。为了探讨鲁迅的哲学思想，便写了整整四页。他强调鲁迅哲学的独创性，现代性，人格的深度，因而是中国情感本体论哲学的思想者，而不是逻各斯理性哲学的思想者。他援引了我书中的一段话以后，激烈地批评道：“你用了一个‘但’字，对纯粹思辨，对体系哲学让了一步，从而在鲁迅的灵魂上叠了一道折痕，对战士与思想家的区分法做了一个难以觉察的让步，给了体系哲学一口气，”“从而你也就给许多膜拜体系哲学并以此微词鲁迅的研究者一个苟活的余地。”批评得何等好呵！我理解他何以如此的小题大做，他的着眼点在中国。实际上，他已经完全越出了书中的结论，而把挑战的目光投射到黑格尔及其弟子的体系哲学的巨大的传统势力里去了！他爱朋友，他不能让朋友的文字存留哪怕是半点瑕疵。

一禾如此看重友情，相形之下，我对于人则未免过于猜疑与淡漠了。而这，是应当得到十倍的诅咒的。

信中还有着对于时下诗坛风气的批评。这种批评，同反对思辨哲学体系哲学一样，在他那里有着很深隐的精神关联。他说，现在的诗人在精神生活上极不严肃，有如一些风云人物，花花绿绿的猴子，拼命地发诗，争取参加这个那个协会，及早地盼望豢养起声名，邀呼嬉戏，出卖风度，听说译诗就两眼放光，完全倾覆于一个物质与作伪并存的文人世界，等等。看得出来，他并不否定理性。战斗的批评不可能没有理性。他所否定的只是“理性的狡计”，是理念对于个体生命的绞杀而已。

当今时世，才华决不是重要的。作为对小才子的一种对抗，他准备在《十月》辟出一个名为“诗原”的专页。发表用他自己的话来说是“真正有着献身灵魂，献身与人格汇通的艺术的中国诗人的诗作”。

他告诉我说，要找的诗人当大部分是新人，是被忘却、挤压在诗界之外，具有独立精神的、名气不大或无名的诗人。这种编辑的宗旨，是我所欣赏的。为了表明决心，他决定在相当时间中不把自己的诗拿出去发表。他表白道：“从一个年轻人的雄心而言，我自然是乐意发的，但我必须保持自己的清醒，以免与时下的风气同流合污。在我编诗的消息跑出去之后，有人说我专门发熟人诗，也有不少人突然变得非常狎昵，前来把诗塞给我。这种谣言和肉麻的举止，我惟有以阴沉待之，于是在某几群‘青年诗人’那里说我老气横秋，像是四五十岁的人，‘玩深沉’的。这种攻击传入我的两耳，使我感到我是对的。”

诚实，质朴，认真，执着。在有限的接触中，凡这些，我都有着不算太浅的印象。但是，他那细小的躯体内藏纳着如此阔大的气魄，憨厚到近乎鲁钝的动作贯穿着如此深澈锐敏的思维，温和宁静的微笑背后，霍霍燃烧着如此坚定而热烈的情感，却是我过去所未及体察的。

现在，重捡他的遗作，颇惊异于他最早寄来的诗为何都说到死，同一种英雄的死。《先锋》说了：“在春天到来的时候，他就在长空下最后一场雪……”；《春之祭》说了：“我们的队长，在蓝天下美丽地乌黑……”；最后抄寄的《黄昏》，竟有了挽歌般的调子，哀伤得悠长：——

这黄昏

把我的忧伤

磨得有些灿烂了

这黄昏

为女儿们

铺下一条绿石子的河

这黄昏让我们烧着了

红月亮

流着太阳的血

红月亮把山顶举起来

而那些

洁白坚硬的河流上

飘洒着

绿色的五月

命运之神！红马儿还在跑呵，青麦子地里的露水还亮着呵，然而，就在这五月，五月，那只沉重地上升着的“太大的鸟”突然坠落了——

一禾死了！

一连几天，我不敢相信这个传说中的消息，但接着，就收到西川发来的黑色电报。我流泪了。我其实是一个脆弱的人，今天已无力哭号。我知道，他是怎样结束了他年轻的一生的。他死于大脑，死于热血，死于忧患，死于疲倦，死于庄严的工作……

他刚刚逝去，《人间鲁迅》第二部就出版了。我在悲哀中写信给他新婚未久的爱人张玞，请求她允许寄去我的新书，希望它能被放置到一禾遗下的藏书之列。感谢张玞的理解，过了若干时日，我终于能够在寄出的书的扉页上，一如前次的赠书，工工整整地写上三个字：赠一禾。

生前每次来信，他都向我催索长诗，且不忘问及《人间鲁迅》写作的进度，说是“攫心之度，不下于希区柯克制造的不安”。而今连最后一部也已经面世，然而一禾，无论如何是再也看不到了！……

“读到你的《人间鲁迅》，从字里行间听到你的自白，我想，这认识的人是可信的，为此应当为之骄傲，这是一本中国人良知的书，而当我读它时，感到的是由衷的一种同感。你的三卷著作，成为我藏书里最好的那部分。‘文章风义兼师友’，你是我所不能忘却的。”这是长信中结尾的一段话。过分的期许，使我每读一遍，心里都不由得十分感愧。称“师”，我是不敢当的，倒是他的文字与生命给了我许多的启示。甚至连“友”也不及格，因为在他生前，我实在没有很好地寻找和倾听过他的文字，一如他之于我。而且，在他死后，时间从喧哗到沉寂已流走了长长的五年，我竟然没有能够为他写上一点什么！

《吕氏春秋》记载这样一个故事说：伯牙善鼓琴，钟子期善听。伯牙琴曲中的志趣，子期心领神会，高山流水，无不极尽。钟子期死，伯牙破琴绝弦，终身不复鼓琴。的确，知音已殁，声音有什么意义呢？

然而，纵然听者沉默，我亦未敢断然弃置握中的笔管的。明知道文字实际上没有什么用处，但是于我，至少可以借此倾吐，倾吐一些为一禾急于倾吐而终至于未及倾吐的东西。

你是我所不能忘却的，一禾！

1990年8月－1994年6月夜间

黄河

黄河之外还有一个黄河

黄河病故已经两年了。

为她编好一个文集，内心的隐痛未曾因此稍减。在我的同代人，或是比我年轻的一代人中，恐怕很难再遇到像她这样优异的人物了。我说优异，才华、思想都在其次，最可贵的是品格。从小沦为“异类”，在并不算长的生命途中，经历了那么多的歧视、恫吓、大大小小的打击，不但不曾摧毁她的心智，反而变得更为健全。她那么真诚地爱人类，爱那些相识和不相识的人，关注他们，信任他们，同情其中的弱小者；——虽然，对险恶的社会仍然保持着受伤之后的警觉。

上个世纪九十年代，我和邵燕祥先生合编《散文与人》，黄河是丛刊的作者之一。

她的文章，最早是经王得后先生转来的，记得初读时有一种新异的感觉：大气、通脱、辛辣，即使从书卷子出发，最终仍然回到现实中去。单看文字，实在很难想见作者是一位女性。发稿后，径直向她约稿，随后寄来的稿子是关于南美“人民教”集体自杀惨案的，也很好，照发了。接着，我收到她寄赠的一个集子。其中有些文章，好像多少带点雅士文人的气息，但是整体看来，仍然是大气、通脱、辛辣，有着灼人的现实感。

大约是1996年吧，我在编辑部里接到黄河从宾馆打来的电话，说是到了广州办理移民签证手续，约我前去会会面。见到的黄河果然是书上的黄河。三十多岁，印象中像是留着短辫，健壮，微胖，脸上红扑扑的。她的大姐坐在她的旁侧，显得清瘦多了。

黄河虽非朋友，然而，对于她的去国，当时心里还是有点不舍。我觉得，像这样富有头脑的写作者，在中国实在太少了，应当把根留住的。这种过于看重知识分子责任的想法，想来多少有点迂腐；对于生命个体来说，自由的生存毕竟是第一重要的事情。不过，黄河本人对于移民的要求似乎并不强烈，从后来的书信看，倒是出于她已到美国的父亲的发动。她坦言，国外生活对她来说未必很合适，将来可能还是要回到国内来。

谈话倒没有惜别的气氛，自始至终谈笑着，显得很愉快。具体内容不大记得，大约谈得较多的还是知识界的状况，包括写作、出版之类。临末，她送我出来，我打趣说："你嫁一个百万富翁吧，或者嫁一个海盗也好，然后找机会把钱运回来，——那时，我们就可以放手做出版了！……"

"哪一个没出息的富豪会娶我啊？哈哈……！"

朗朗的笑声，至今记起来依然那么真切。

出国之后，黄河先后给我寄来几封信，通过几回电话。

在唯一的一次见面中，我曾向她透露过打算译介国外人文方面的新书，托她留意及此，并设法相应解决版权问题。其实，当初不过说说而已，我知道版权的事务极繁难，不容易弄的。想不到她那么认真，以致此后每次打电话都要因为帮不上忙而表示歉意。

印象最深的是一次深夜里来的电话。其实并没有具体的事，只是刚读完一部关于国内环保问题的书，她便激动起来要告诉我，说三峡如何如何，沙漠如何如何，话间还夹带着大量数据，例子，一口气说上近一个钟头，仿佛顷刻间天要塌下来似的。远在千万里外，居然焦灼若此，是我万没有想到的。记得放下电话，心里顿时涌起闻一多留美时写的那些“点得着火”的诗篇。

此间，我还曾为我编辑的一个丛刊《人文随笔》——其时，《散文与人》及《记忆》已经先后夭折——向黄河索稿。她寄来短文《异类》，读后，使我对她的身世和心情有了进一步的了解。文章记叙她自小作为“右派”的女儿所经历的不幸，以及这身份留给她的内心的创伤。她说，她无从改变“异类”的角色，无论在国内还是在国外。我想，也许正因为是异类，所以她能够以异样的眼光阅世，看人，不到“不惑”之年便已不惑了的吧？

创伤记忆于她是珍贵的。文章说，她不能，其实首先是不愿接受M教授教示她的现代心理康复疗法，即任何时候有机会都应尽量向人诉说自己痛苦的经历，据说这样易于平复旧日的创伤。黄河写道：“我发现我并不真正想遗忘那伤痛。那是我童年和少年时期唯一留下的印记。也许从心理学的角度说，这是自虐是病态。但对我来说，如果我把它们彻底遗忘，那个时代于我还剩下什么！……”

然而，这种早年累积的创伤，其能量大得根本无法估量，它在黑暗中占据你，控制你，吞噬你的生命，而你竟然以为凭自由意志可以战胜它，真是太小觑它了。生命是有极限的。所谓“抵抗遗忘”，抵抗的力量算得了什么呢！

——黄河死了！

过早的辞世，可以肯定同长期的压抑、恐惧、不安之感有关，同创伤有关。死亡的种子，其实早早就种下了！

黄河去世的消息，由纽约的一位朋友，王得后先生，以及她的大姐小敏女士先后通知了我。痛惜之余，我向小敏女士提出，希望能看到黄河出国之后的全部文稿。

不久，文稿寄来了。

想不到的是，当黄河以文字的形象再现于我眼前的时候，我不能不为那其中竟然还有那么多为我所不知晓的人生内容和丰实的精神世界所震撼！称黄河为作家、文士，不免侮辱她了。她是一个人，一个普通的人，又是大写的人。现在我才知道，做一个真正的人，比做一个名作家，或被社会分派的别的什么角色要紧得多，也难得多。

在《埃斯特》里，她记述了一个名叫埃斯特的犹太女人的生活。为了自由的理想，埃斯特宁愿舍弃易于获取的安稳的生存条件而选择流浪。这个自我放逐者，一生都在反抗她的环境，以一种为世人所不解、甚至不齿的极端的生活方式，坚持到老死。黄河在文章中表达了对埃斯特的深切的理解，这种理解，显然来自她的人道主义，以及同样的对于自由的渴望。开篇便写道：

> 我对理想主义者永远怀着非常的敬意。对那些就是失败也不肯放弃的理想主义者更是双重的敬意。其实孤陋如我还从未见到过一个成功的理想主义者。那通体的伤痕就是他们能得到的唯一奖赏。尽管有些理想在他人看来可能距伟大崇高很遥远，甚至看来很可笑，如世人眼中的唐·吉诃德。但他们在我心中总是虽败犹荣。在日益世俗的现代社会，他们是如此地珍稀。而有些理想主义者存在的意义，有时竟是在他们不再存在的时候才显现出来。

埃斯特一年年衰老下去，生活愈加不堪。黄河曾想让她搬到自家屋里来，后来，好象经了家人和朋友的反对而终未实行，为此，她一直很自责。这使我想起她做义工，照顾老人和孩子的一段日子。她把许多周末时间都花在他们的身上，为了一个病弱者的安顿，竟不惮主动地给自己增加许多麻烦，人也因此被弄得极其疲累。只要读完她为自己记录的《社工手记》，就不能不肃然而生敬意。

黄河去世前，仍在为一个病人的利益而作努力的挣扎。这是一个七十多岁的上海移民，因为申请穷人的医疗保险时遇到麻烦，跳地铁自杀，被救起后截断双腿，送到黄河所在的医院。在黄河，和他的家属的激励下，老人终于恢复了生之欲望，开始积极为安装假肢做准备。然而，主治医生认为病人年龄太大，装假肢预后不良，让黄河尽快将病人送走。黄河则主张公开病情，让病人接受这个事实之后再出院，因为她担心病人会再度萌生自杀的念头，仓促离开医院将是危险的。医生用经费和住院制度等理由力压黄河给病人办理出院手续，黄河则坚执己见。最后，医生让步了。果不其然，病人开始绝食自杀。而黄河，也就在这时候病倒了。可以想见，黄河出国期间，其实一直在理想与现实的紧张对峙中夺路突围。她是一支孤军。在异邦，——即使在祖国，像她这样的异类也不可能有援手。她困死在自己所选定的道路上。

知识分子身体力行的不多，像人道主义这种东西，对我们来说，大体上是观念的演绎，惟有黄河一样极少数的人，才会体现在日常生活上。至于说到知识分子的看家本领，诸如阐发知识，论述社会文化问题之类，黄河也毫不逊色；她思考所及的范围，比专业人士宽广，而且都有自己的判断。读了她的书简可以知道。她写得极简约，然而深刻，其中触及的论题，倘若到得那些善于张罗的学者教授手里，想必非洋洋万言的大文下不来。

到了国外，黄河忙于工作，学习，已经没有什么作文的机会，发表的几乎没有。她的记忆，她的忧思，她的愤懑，都留在她的大量未及整理的笔记和书简里。黄河算不算一个“公共知识分子”呢？她关怀的都是公共问题，私人问题也是公共问题，然而，她确实不像其他一些所谓知识分子那样喜欢走场子，饶舌，哗众邀宠；一生只是生活在沉默的大多数里，弱势群体里，生活在个人的幽黯的内心之中。

感谢小敏女士，由于她的信任，我得以在编辑黄河的遗文中反复遇见“人”和“知识分子”这样两个单词，让我明白其中各自独立的、以及彼此相关的意义，明白许多原以为属于“常识”的东西。对于一代人，我一直抱虚无主义的态度，黄河的存在动摇了我的看法，教我感到惭愧，至少我不知道黄河之外还有一个黄河！

愿黄河，一个来自东方的异类的灵魂，在异国的土地上得到安息！

2008年12月31日

父　亲

一个大小半尺的原木相框摆放在书桌的上端。十五年了。由于居室靠近阳台，灰尘很大，每隔一段时日都得扯一块棉花擦拭一次；不然，里面的面影和衣衫很快就给弄模糊了。

这是朋友为晚年的父亲拍的一帧侧身照。

父亲身后的院子，那砖墙，小铁桶，孩子种的花草，一切都是我所熟悉的。如果说院子是一个小小王国，那么父亲就是那里的英明的君王。他以天生的仁爱赢得儿女们的尊敬，以他的勤勉和能力，给王国带来了稳定、丰足与和平。作为一个乡村医生，他对外施行仁义而非“输出革命”，所以，邻居和乡人也会常常前来作客，对父亲的那份敬重，颇有“朝觐”的味道。我最爱看傍晚时分，忙完

作者父亲

一天活计，他一个人端坐在大竹椅上那副自满自足的样子。但是，自从院子的土墙换成了砖墙以后，他就迅速衰老了，目光里仿佛也有了一种呆滞、茫漠的神色。只是照片里的父亲很好。在拍照的瞬刻，父亲因为什么突然变得那么兴奋呢？我猜想，一定是他喜爱的孙儿一个顽皮的动作逗得他发笑，要不就是拍照的朋友让他做一个笑容的时候，他笑着笑着便真的笑了起来。总之脸部很舒展，很明亮，很灿烂，让人看了会马上想起秋阳照耀下的一株大立菊。

父亲是乡下少有的那种爱体面的人，而他也确乎能够维持相当长一段体面的日子。自从六十年代末，他两次被打成“现行反革命”以后，整个人就变得很委顿了。遭遇了一场政治迫害和人身攻击，他会发现，他在周围一带的威望已经大不如前。而且年近古稀，再没有可以重建的机会，何况运动的险恶随时伺机而起呢。

那时，父亲被撤销了大队卫生站医生的职务，还曾一度剥夺了他的行医资格。这个打击是沉重的。由于命运的戏弄，过了一段时间，我居然做起了医生，辗转以至终于代替了父亲的位置。这种叫做“子承父业”的情况，应当令父亲感到宽慰的了；但我发觉，事情并不完全是这样。因为老屋行将倾塌，我通过多方借贷，重新建造了一座青砖大瓦房。建造期间，父亲是兴奋的，忙碌的；他总喜欢包揽或干预一些事情，譬如给人计算砖瓦账之类，但当见到我走近，有时竟会中途突然停下来。我总觉得那神色有点异样，但是形容不出来，也无法猜度那意思。他总该不至于嫉妒起自己的儿子来的罢？大约在这种场合，他觉得他的存在有点多余，或者自觉已经失去了干预的能力。无论如何，属于他的王国是被摧毁了。在父亲看来，像造屋这样的大事业，是只配他一个人来撑持的。他是唯一的顶梁柱。他应当把巢筑好以后来安顿他的儿女，让儿女在他的卵翼之下获得永远的庇护；而今，事实证明了他不但无力保护，反而成了被安顿的对象了。他不愿意这样。

然而，时光同世事一样无情。这是无法抵御的。

后来我到了省城做事。每次回家，都明显地看到父亲一次比一次衰老。终于有一天，父亲一病不起了。

父亲中风卧病半年，我不能请长假照顾他，只能间断地匆匆回去看望一次。最苦是父亲不能言语，只能呆呆地望着床沿的我；有时，我能看到他眼里的闪烁的泪花。一天，大家都说父亲不行了，要我请理发师傅给他理发。在乡下，老人临终前，理发几乎成了一种固定的仪式。我不愿承认父亲的大限已到，更不愿父亲承受这样的折磨。为了这件事，我足足犹豫了几天。周围的人们都来劝说我，说理发是为父亲好，他到了阴间以后会如何如何。我同意了。

我把村中的理发师傅请了来，亲自将父亲强扶起来，又叫了两个人帮忙抱住他坐好。当剪刀刚刚落到他的头上，他的身子猛的一抖，眼睛在刹那间露出极度惊恐的神色。父亲一切都明白了！我的眼泪忍不住刷地流了下来……

我要一万遍诅咒乡间的恶俗！一万遍诅咒自己的愚蠢和残酷！就在父亲的生命的最后一刻，是我用自己的手，掐断了他也许一直在苦苦抱持的生之希望，只一掌，就把他推向黑暗的永劫不复的深渊中去了！

每当想起父亲，我都会不时地想起他最后留给我的惊恐的一瞥！所以，相框虽然摆在桌边，也常常有着不愿重睹的时候。我曾经将照片放大了一张送给姐姐，她不要，说是见到父亲的照片要哭的。我知道姐姐，她比我更深地爱着父亲。

2000年10月10日

哀 歌

堂嫂死了。

听说这噩耗，我并不感到突兀。前一回看她，除了说话，她身上已经没有任何一处可以显示生命的存在的了。可是，她毕竟只活了四十来岁，一年前尚且那么壮健，回想起来，人生真也如同梦魇一般！

她是邻村罗家的女儿。因为家穷，长得很大了，才端着板凳走好几里的路程到我们村子里念书。在小学校里，我比她高班，但当我考进县城中学的时候，她已是我的堂嫂子了。记得她做了新娘子没几天，乍一见面，便说起小学时的一个不成故事的故事。说是阅览室刚刚开放，在众多的同学中间，我这个小管理员独独给她推荐了一本连环画，还特别介绍了里面的一篇美丽的传说。而这些，在我一点也记不起来了，她却说得津津有味，完了，自顾自地嗤嗤地笑。后来，还听得她向妻说起过，说时依旧笑得那么灿烂。

无忧无虑的笑，在乡间，是只属于少女时代的；做了媳妇以后，就完全陷入网罗般的活计里了。插秧，割稻，种菜，砍柴，拾海，养猪，放牛，做饭，奶孩子和打孩子。她无所不做，且无所不能。然而，终年劳苦又于事何补，日子一直过得相当黯淡。幸好她想得开，用文雅的话来说是“豁达”，一不怨天二不尤人，从来未曾同我那位木实的堂兄打闹过。对伯父伯母，也都十分孝敬。伯母心善，只是爱唠叨，有时拿婆婆架子，骂她是很凶的。实在气不过，她会拎起一个小包袱直奔娘家，寻求精神的庇护；几天过后，就又低垂着眉眼回来了。伯母死时，她哭得很悲，隔了许久，说起伯母死得突然，还曾几次提起袖子抹眼泪。但是对外，她是不甘示弱的。她有一个毛病，多少喜欢打听别人的隐私，其实这也是人们的通病，何况在乡村，生活单调而寂寞，除了这，又有什么能增添哪怕是一点可以称之为“趣味”的呢？事情坏就坏在她总忍不住要传播。乡里人虽然不及文化人那样看重高贵的人格，但于为人清白这点倒也讲究，遇到流言，往往要弄到非“对嘴”不可的地步。她本无意作流言家的工具，但为此，却不免要招惹一些无谓的战争，结下一些仇怨。

伯父一家是个典型的信奉神灵的家庭。家长耽迷于看风水，熏陶之下，连我的堂兄弟从小也能看掌相面，老气得可以。伯父去世以后，堂弟甚至变卖了分属于他的一间房子，把替人寻找坟山当成外出谋生的手段，潦倒不堪，这才由堂嫂接回到自己的家中闲养。伯母头脑也很古旧，生前便在屋内设了“神台”，每天点燃香炷，供拜不断。置身在这样的迷信的家庭氛围，只要脑筋稍稍灵活些，堂嫂大可以担演神巫的角色。在周围一带，巫男巫女的地位，除了乡干部是无人可以伦比的，然而她不能。诚实注定她一辈子无法翻身。

由于耳濡目染，她究竟熟习许许多多有关生死大事的礼仪。在我父亲卧病的大半年间，幸得她日夜照护；及至去世，还亏她长辈般详明的指点，又亲自处理了丧仪中不少繁杂的事务，使我在极度悲凉和迷乱中，找到了一根支柱，一盏风灯。为此，我从心底里感激她，直到现在。

然而，想不到这么快，她就离人世而去了！

还在一年前，从小妹的一次来信中得知，她突然得了偏瘫症，住院了。大约这年头，人的关系变得特别教人敏感，堂兄很快打听得主任医师是我的同学，便求我写封信回去，希望能对病人有所照顾。我照办了。那结果，据说很应验。堂嫂出院不久，恰逢我回乡探望母亲，见到我说了不知多少感谢的话，使我非常惭愧。其实我所做的，全不费心思和力气，仅在一块小纸片上画几个字而已！

入秋，她再度入院治疗。这一回，病情凶险多了，一进去就看外科。外科用的药物是全盘西化的，堂兄嫂又都是国粹主义者，害怕大量的西药会把身体弄虚弱了，一俟病势稍缓，便要求转到中医科去。可是，几次得到的答复都说：没有床位。没有法子想，堂兄再次央我说情。那时，县里正当举办空前盛大的风筝节，邀集了一大批外国人，港澳企业主，还有省城的一些所谓“名流”一同观光，我遂得以借机作一次逍遥游，趁便看望了堂嫂。

此时，她形貌上的变化，简直使我感到惊恐。最扎眼的一条又粗又黑的辫子不见了，头发几乎全白，面部浮肿而萎黄，反使繁密的皱纹消减了不少；最可怕是下肢萎缩，又短又细，竟使我立刻怀疑她睡的是普洛克路忒斯的魔床。

我的到来，使她极其欣喜，几次意欲起床站立而不能，只好倚着床沿说话。她说话变得迟缓了许多，从此再不会有从前同村人争辩的雄风了，我忽然忆起那个灿烂的迢遥的笑，不由得暗自感叹岁月的流逝，和命运的无情。我胡诌了几句安慰的话，塞给她200元钱，随即逃出病室。剩下的时间，是找我的那位主任同学。我只能做我唯一能做的事情。

其实，做着这一切都是多余的。过了一段时日，堂嫂便出院了。如今医院改袭了承包制，费用大得惊人，大病未愈，奈何在经济上已经无力负担。堂兄不是那类能活动的人，至此山穷水尽之际，唯有求助于巫医一途。但从此，人也就一病不起了。

春节回乡下过年，刚卸下行李，便同妻一起到堂兄家。嫂子在屋里，已经不能起坐迎迓。里屋很暗，不开窗户，大约太气闷了的缘故，没有落帐子。屋子外面，臭水沟的气味不时熏进来。屋里久未打扫，落满蔗渣和草屑，苍蝇嗡嗡营营，往人的脸上乱撞。因为堂嫂的双手已不再能够摆动，便用了一块白纱布蒙了脸，我们到来也不揭开，就这样隔着纱布说话。她诉说着疾病如何被耽误的情形，话中不无抱憾。对于她，到了连鬼神也不复相信的地步，人生该是没有任何希望的了。说到丈夫一年来对她的侍候，各样的操劳，话音才明显地变得轻快起来，似乎透达着某种满足。

我们起身向她告辞，这时，她平生第一次，但也是最后一次用叔婶来称呼我们，接着说了一长串祝福的话语。我知道，这是她在作着诀别！当她特别提高了声调向我们说着这些的时候，内心需要多大的勇气呵！

清明回乡，嫂子已经死去快半个月了。

人到中年，是知识者十年来演说谈话做文章的热门题目。在穷乡僻壤，谁统计过，有多少中年人更为惨苦地突然崩折？我的堂嫂，一个普通农妇，她死于风湿，死于农村最常见的疾病，死于根本不该死的疾病，然而毕竟死了！她死于穷困，死于蒙昧，而且，死时没有花圈，没有悼词，没有鼓吹，甚至连亲人也没有一个肯去送殡！如此世态的差异，人情的凉薄，又有谁，诉说过其中的不公？堂嫂匆匆来到人世，唯无言撇下两个儿子和一个女儿。差堪告慰的是，儿子们都已经快要长大成人，可以卖力气了。春节刚过，他们便一齐告离了病重的母亲，跟随包工头前去远方陌生的都市。直到堂嫂平安入土，他们也没能接到消息，犹在想念中盘算如何拚命挣钱赎回母亲的健康呢！

女儿尚幼，刚上小学，一年前还常常拉着母亲的衣角到处转悠。这回见不到她，问起周围的小朋友，都说好多天没有找她一起玩了。死了人的人家，是连孩子也被视为不洁的。她们说，见到她的时候，她总是呆呆的，还常常一个人躲着哭。后来，堂兄告诉我，是怕她伤心，没有伙伴，才让外婆过来把她接走。

遗忘是一种幸福。尤其对于孩子，世界只配为他们展开眼前无边的开阔地，他们是无须回顾的。当此刻，推窗遥望，夜色冥茫。如果祝祷有效，对于我梦中的孤苦的侄子侄女们，我要说——

明天醒来，愿你们忘记了一切，连同母亲！

1987年

为一个有雨的冬夜而作

一整个冬季没有雨。今夜潇潇下了。我怀疑这场雨同你有关。雨声总是让我听到叹息，啜泣，和某种咕哝不清的耳语。.

你走了——

阴惨的道路载你远去，从此不复归来！

人世间总有一些事情是无法逆料的。谁也想不到你走得如此突然，甚至你自己。你没有遗嘱。为此，嫂子一直抱憾至今。当一个人留在房间里的时候，我便想：其实你要说的话早就说完了，沉默是你的本分。什么白帝托孤之类原本是帝王的故事，唯阔人一流才存在诸如遗产继承权问题；对于你，如果说尚有一种难于割舍的系念的话，无非妻儿温饱而已。嫂子收入低微，且不固定，待你退休在家，工资锐减，往后的日子就更艰窘了。你曾几番找上司说情，要求给嫂子调换一种工作，然而毫无结果。人活着尚且如此，况复不在呢！你最疼爱小阿英了，住院期间，便听你多次念叨过，总是担心无人照管，会跑出大街被车辆撞倒。所谓孩子是祖国的花朵云云，不过笼统的譬喻；在目下，实在只能算得是你身上的一根毛——“皮之不存，毛将焉附”？

走时，我们没有开追悼会送你。慧说，大哥生前默默无闻，身后也就不图轰轰烈烈了。我想也好，免得带累你接受那许多为你所憎厌的东西：熟悉的面孔，公文一样成批制作的花圈，以及不知重复了多少遍的冷漠无比的哀乐……

据我所知，你生平没有朋友。多年以前，也许有过几位可谈的同事，但后来都不怎么往来了。你变得愈来愈孤僻。苍黄的脸色，总是叫人想起荒漠，危崖，暮秋的古城。曾经有一位姓谭的同事，前来探问你的病情；话间，他说单位对你相当优容，历次政治运动，都没有揪斗过你，对你造成伤害。大约那用意，当在抚慰我们的吧？的确，身为“地富子弟”，能够给你一个做人的机会，无论如何是可感谢的。只是不知道：这种年复一年，时时刻刻提防被打倒的心情，会不会比那些被打翻在地，再踏上一只脚的更幸福一些？

土改时候，你还是一个中学生，居然懂得抛弃学业，参加工作队，远离生养自己的故土。不论出于何种动机，如此明智的选择，都不能不使我惊服于你的早熟。为了同“反动家庭”划清界限，你有七八年光景没有同亲人晤面，直到1959年，才突击般地回了一趟家。然而没有话，把小妹带上便头也不回地走了。留下妻子在家守你，等你，为你垂泪。慧说，嫂子十分聪明，贤慧，勤劳，懂得分担公婆的忧患。可是于她个人，所有这些美德有什么意义呢？她得不到你的任何方式的爱抚，甚至一纸家书。熬过中国农业发展史上最荒诞的一个时期，她终于告离你的家庭，那个曾经给她温存，也给她困厄的地方。后来，她改嫁了，听说那男人待她不错，只是没出几年便病殁了。遗下两个儿子，全靠她一双手包揽着生活，结果不到50岁，即已枯槁佝偻得如同一个老妇。而你，却全然不顾这许多，在感情世界里，你不容任何人向你靠近，除了小妹。你送她上学，给她剪头发，挑选衣服，买零食，唱歌，订阅《大众电影》，把可珍贵的一切都给她。因为你知道，只有她，才是你在世界上唯一可靠的亲人。为了她无忧无虑的成长，你忘记了自己的年龄，忘记婚娶，甚至根本不打算婚娶，唯愿兄妹俩相依为命而已。然而，这是不可能的。她长成夏娃了。当你得知她有了亚当的时候，当是何等惊惧呵！刚刚走出校门，她就被你禁闭起来，如此一直持续了将近半年的时间。你让她读毛选，读革命书刊，省悟亚当的邪恶。其实，危险的不是亚当。由于学校强行把户口迁回原籍，她已经无法以一个正当的公民身份呆在城里了，连随同知青集体上山下乡的资格也没有。她发觉自己被剥夺净尽。你应当明白，她的出走，并不仅仅出于生命的神秘的驱使：与其让一个年轻有为的躯体凋萎在一个土牢般阴暗的小房子里，毋宁零落成泥，抛弃在一个渺不可知的荒郊。虽然她不会相信农村就是伊甸园，但是，只要不用回到老家，随便把自己打发到什么地方也都可以的，何况有了亚当呢！当她一旦做出出走的决定，世界便剩下你一个人了！

出走的当天，你气咻咻追到车站。我清楚地看见你拽紧了她的手，晦暗的脸变得煞白，那样子，差点要哭出来："回去吧！回去吧！……"

然而，回到哪里去呢？

你在最后一刻的呼喊，至今回忆起来，犹似往日一般凄厉，叫我听得震颤。我是从后院进来，参与了对你的劫夺，且让你无条件地接受城下之盟。从此，你便开始接连不断的害病：胃溃疡，胃出血，胆绞痛，肝下垂，眼底出血，肩周炎，骨质增生，腰椎间盘突出，各式各样的神经痛，直到最后站不起来。从县城到省城，医院始终无法为你找到致死的确切的病因。但我想，你的病应该是无主名的。

离开车站以后，一连几年我们没敢去看你。即使关系解冻了，你我之间也没有太多的话说。去年突然接到你寄来的一封长信，你从来没有写过这样的长信，当时有一种很怪异的想法，觉得那里边语调就像遗嘱。其中你叮嘱我千万不要睡得太晚，以免伤了身子。这回在医院，竟也不忘一再提及。从什么时候开始，你已经把我看做你的亲人，虽然这仍然是你对小妹的至爱的延伸。血是至高无上的。我相信，家庭一直埋在你的心里，埋得太深太深，才会有着这般的感情的焦渴。当一个人一心眷念着亲人的时候，他一定处在精神流浪的途中，他的心里一定很苦。

记得六十年代末，那时候，大约快要“全国山河一片红”了吧？不少地方自发产生一个旨在肉体上消灭“黑七类”的运动。土改期间有过类似的做法，但是论规模，实在难以为匹。在这当中，你们县算是最有名气的了，几乎每一个公社，都有将地富分子处死的事情发生，甚至包括妇孺在内。处死的办法有多种，或暴杀，或虐杀，或枪杀，或棒杀，或活埋，或装进麻袋扔入河心……据传，在你们老家一带设有联防，重重关卡，此呼彼应，追捕的火光锣声，终宵不绝。潆阳江逶迤穿过我们县城，每天都有尸体漂流下来，致使城内的居民，长达几个月的时间不敢饮用自来水。你的父亲，大哥，三弟，多年为你所疏远所隔绝的至亲的亲人，都是在同一个时刻里死亡的。接着还有未成人的侄儿。至于怎样一种死法不得而知，自然连尸骨也不可得见，这是明明白白的死，但也是暗暗的死。总之在一个早上一切荡然无存！收到侄女的来信，慧恸哭失声；她让我骑了车子到你出差的镇上找你，告诉你消息。你听了，阴晦的脸色立刻变得煞白，嘴唇抖动，然而始终没有话。这时，我看见豆大的汗珠不断地从你的额角渗出，其实你浑身都在冒汗，你唯一的动作是站起身来，一次又一次地拧干抓在手里的大毛巾……

作为余生者，你大约对周围的世界已经无望。而我们对于你的前景，又何敢抱乐观的态度？每隔一段时间出城看你，我们都好似扮演着施主的角色，定期送一点炭火，给你在冷冽而孤寂的氛围里御寒。至此地步，想不到竟然有人为你说媒，又居然让你有了家室，这是教我们深感欣慰而且惭愧的。

现今的嫂子至少比你年轻二十年，人漂亮又能干，凡认识你的人，都说你有福气。家无长物，她从不怨尤，最难得是能够容受无端的责难，任你在她身上倾泄郁积已久的牢骚。临到退休，小阿英也有四五岁了，可以认字，画画，蹦蹦跳跳陪你逛菜市了。熬到头来，总算有了一个宁静的港湾，容你停泊。近几年，每次见到你，都会有笑影在你的脸上闪烁，那晦暗之色也就仿佛消减了许多……

然而你走了！

想不到在这般阴暗寒冷的日子里，你就这样无言地弃我们而去！

如果真有所谓命运的话，你是十足的苦命人。一生中，你的欢乐是如此之少，而不幸的折磨又如此之多！自然，比起父兄及众同类的死况，后死的你还算不得什么悲惨，终年六十，也都差不多挨近古稀，可以瞑目的了！

1991年12月12日

作者故乡

清 明

因为一群亡魂的唤引，我同众兄弟，一年一度，重逢在坟冢累累的荒原之上。

其实，春节过后几天，我便想起了扫墓的事情，并因此时时忆及故去十年的父亲。等到在故乡的山道上辗转，看见两旁丛集的土丘，坟前瑟瑟的白纸，红烛，飞扬的纸灰，满耳毕毕剥剥的爆竹的钝响，许多往事飘向眼前，心情乃不胜其沉坠。少时，父亲教我念过唐人的清明诗，如今雨是依旧纷纷地下，即使有酒，也只好浇给黄土了。祭扫完毕，我倚着松树，对着父亲生前多次盘坐过的一块空地凝望良久。芳草萋萋，哪儿可以寻见父亲的足印？当年的宿草已枯，眼前的新叶，他又何由触得呢！

我不能不以春天的滋荣为残酷。

原想，清明时节，当是通过强制性记忆，让生者从形而上的死亡形态中感知逝者的存在；然而，周围的人们并不见任何伤逝的表示。满山遍野，男男女女，如同赶墟一般，一路喧呼。上坟于他们已然成为一种程式。当我在寻找着体味着这个传统节日的原始的意义时，他们却是借了纪念的形式，注入与自己当下的生活息息相关的内容了。

翻过一个土坡，不远处，望见一对夫妇模样的人在坟前摆弄香烛；那妇人背着一个孩子，脚下还有两个小儿女在蹲者玩。

——噢，你是士东？

当我努力记起那男子的名字时，一时兴奋，几乎喊了起来。

——是呀！

——狗锁呢？他没有回来么？

——他不在快一年了……

往下我什么也听不见，只有心跳的怦怦的响声。

狗锁住村北，我住村南，因为曾经在桥梁工地上一块抬过石头，所以偶有来往。他自小失了父母，兄弟三人相依为活。大哥阿晓，不满四十岁病殁，一生没有结婚。因为长得丑，连村里的小姑娘也常常拿他取笑，互相奚落时便说："你嫁阿晓！"狗锁排行第二，为人和善，聪明，笑起来带几分狡黠。他十多岁就跟别人学会饲养牲口的行当，因此渐渐有点小积蓄，终于可以像人家一样娶妻生子了。前年清明恰巧碰见他，他说他近些年到外地打工去了，收入还不错，算是老天爷赏脸。说完便笑，至今我还能真切地记得他那笑时故意把嘴角翘起来的夸张样子。怎么想得到，一个如此强韧而活泼的人，会突然在这世上消失了！

堂兄告诉我说，狗锁死时，妻子正当孕期。村里的长者动了恻隐之心，都上门劝说士东跟嫂子凑合过夫妻日子。他们说，一旦让嫂子携了侄儿改嫁出外，他家的香火就断了！

士东还没有长成呢——

然而，他依从了。

人生如此险恶，村人哪里来的余裕，可供他们沉溺于过往的缅怀？被知识者指为迷信的种种，例如清明的祭拜，其实多是出于对温饱的祈求，离幸福还差得远。

我们村子穷，不像城市或侨乡那样，把墓田修葺得像公园一般；但是，由长者出面，用了摊派的手段，居然也集资建得一座颇气派的庙堂。用自己的双手打倒了菩萨，几十年后，再用自己的双手把它们扶将起来。道路废弛，桥梁坍毁，全村连一间像样的公厕也没有，怎么会为几个泥塑木雕而大兴土木呢？对此，我不只一次感叹村人的愚昧。然而今日，我唯有无言。

每年归来，必闻说一批老人故世。走在村前的大路上，忆及从此不复出现的许多熟悉的身影，直如梦寐一般。村头的一棵老榕，屡遭虫蛀雷殛而不雕，年前终于倒了下来，仿佛执意跟随一代老人隐去似的。塘前的竹林已毁，再也听不到栖居的黄鹤的嘎嘎的唳鸣。旁边，原来长着一株苦楝树，在悠长的年月里，一直为我装点门前的风景，而今竟也不见了。我多么想念那开了满树的淡紫色小花，苦涩的芳香，南风来时便盈满了小土屋。华年似水。转眼间，我们便都苍老了。当日的玩伴，除了鳏夫，大多做了四五个孩子的父亲。他们把成年和未成年的儿子打发出了远门，出卖多余的力气，留自己看守贫困的田园和年迈的父母。他们渴望获取，然而更害怕失去。只两年，小小村子，就有三个外出的少年死于车祸。除了一个索要了几千元的赔金，其余两个就像野狗子一般就地给埋了。见面时，我同众兄弟忘情地呼着小名，彼此抓住双手用力拉拽，扳过胳膊端详……一张张脸上，刀刻一般的皱纹，常常在眼前幻成一片密网，教我看得惊惧！村里买来的年轻媳妇，自然一个也不认得，更不消说儿童了。遇见我回来，或者围拢过来，或者远远地站定，他们必定拿了诧异的眼光看我。这时，我不禁想，我在演着唐人用带韵的语言写就的离家的谐谑剧呢！

傍晚。雨依旧纷纷地下，天色愈加阴晦。我在家里备了酒菜，特意邀了四五个当日的伙伴前来聚首。这些中年汉子，嘴唇沾了酒气，话就多起来了。可是，不管说的如何粗鲁、快活、风趣，话里总有一种深隐的忧愁。有谁说着说着，泪水便无声地流了下来。没有酒的清明不是清明。酒是神圣之物，它把人强压在心底的东西都给翻了出来，让人暂且减去许多苦痛。我不善饮。我只能一个一个地轮番给他们倒酒，听他们动情地说话……

在城里，什么时候有过如此倾心的言说与聆听？这个地方！一代一代，生生死死，艰难养育了这许多生命！然而，你却成了背弃者！

无论言说或聆听，于大地的背弃者有什么意义呢？

我突然感觉无比的孤独。在故乡，在众兄弟中间，我不过是一个寻梦者，一个过客，一个完完全全的陌路人。

1995年5月1日

小屋

去年，小妹几次捎话，说我乡居时的屋子太破旧了，须得拆下来重建。我延宕着没有答应。大约是同自己的生命多少生了些干系的缘故，旧物于我总有几分眷恋，不忍舍弃。旧家亦如此。但是，若以此作为拒绝的理由，又未免太迂阔了，只好推说没有闲钱，等将来再说。

想不到小妹表示要承担所有的费用，于是没有了退路。春节过后不久，忽然听得她在电话里说，屋子即将完工，要我携同妇孺一起赶回乡下做“入伙”——那是一种颇类城市大厦落成典礼一样的仪式。

待进了新居，才错愕地发现：我已经不是住在自己的家里了！

小屋原来是父亲为村人看病的地方。当我结束了学生时代，开始度农人的生涯时，父亲便将自己的床褥搬到老屋里去，特意把它腾出来，作为我的书房和寝室。这是一个不足十平方米的平房，因为低矮，每临夏日就像蒸笼一般燠热。而今，地方是扩大了许多，且不复是传统的用料和结构，俨然阔人的乡间别墅式的小洋楼。

先前，小屋砌的是泥砖墙。砖块直接来自田间的泥土，厚重而粗糙；砖面上，常常镶嵌着谷粒、稻草根、石子和陶片，无异于天然的图饰。砌料也用泥土，加水，加细沙而已。那是极其简单和谐的组合，令我想起古代哲人关于宇宙基本元素的天才猜测，直至奇妙无比的炼金术。这是一种贫困的美学。真正的美学是素朴的。至于屋瓦，一样用泥土烧制。泥土亦刚亦柔，刚能抵风雨，柔能长青青的瓦菲。大雨来时，瓦顶典典当当，是最粗犷有力的敲打乐；若是细雨，则幽幽作满耳弦声了。门窗一律木质。木质甚好。唯有木质能与泥土的质性相一致。然而，即今无论大门小门都已废弃，换成带有狮面门环的铁门，再也无从寻认父亲当年留下的手泽了。窗子也改做了合金玻璃的，外面装设铁条，且焊成网状。环顾间，我的眼睛乃有火灼般的刺痛。此刻，我憎恨钢铁。

其实，城堡是整个地陷落的。

我不承认在精神之外还存在单纯的物质形式。即如小屋，便贮藏着我的全部生活：梦想，激情，和难言的创痛。而我，唯依凭这毗连了许多一如它简陋、矮小的泥屋子，才领受到了中国乡村的母亲般的慈爱与温暖；而且因为这母爱，才能像一个守夜者那样，在偏僻而黑暗的角落守护个人的信仰。一旦告离小屋，我便失去了所有这些生活中的经验。曾经拥有的经验同现实中的经验是很不相同的。但是，如果只是深闭了一个生活的记忆在小屋里，那么它是否以原来的面貌而存留，于我又有什么意义？

永远的小屋！

在狂流汹涌的年月，它是船，曾经载我在风浪里冲撞过一些时；当我受伤而深感痛楚的时候，它成为岛屿，教我停泊，安憩，沉思周遭发生的一切……

在小屋里，我抄写革命的圣经，大字报，阅读红色文件，各种的战报和传单……鲜红的袖章，在灯晕的映衬下显得多么的庄严而美丽呵！我承认，我斗争过，像许许多多激进的青年那样；虽然幼稚，轻信，盲从，为人所利用，但是生活会校正那许多被指为愚蠢和荒谬的行为。我不只一次嘲笑自己，为命运而悲叹，却至今未敢放弃曾经作为一个革命信徒的关于社会改造的虔诚的愿望。不要说马克思和毛泽东，即便后来阅读葛兰西和卢森堡，卢卡契和哈贝马斯，吉拉斯和哈韦尔，都会使我随时回到从前的小屋。

那时候，小屋四周拥挤着竹帽，镰刀和秧桶，补丁的衣裤，书，塑料雨衣，还有用大人旧衣撕剪了做成的小孩的尿片。我过早地做了父亲。生活的艰难与凶险简直来不及预想便骤然而至。

白天，我像一头壮健的牯牛一样劳动，夜晚则像奔赴致命的火焰而在灯罩外壁丁丁撞击的虫蛾一样，不倦地阅读和工作。其间，有一门日课是一定得做的，就是到队部里去评定和核对工分。我必须重视工分。那是农民生命的全部，虽然贱，得凑够十个劳动日才买得起一斤肉；以今天的物价折算，仅好换一根冰棍而已。我的全部的经济学知识就建立在这上面。当时，局面的严峻可想而知，尤其在遭到革命的报复以后；如果不寻找别的出路，家里随时有着断炊的可能。

好在父亲在做定“现行反革命”之前，给妻买了一部老旧的缝纫机；这时正好用它替村人缝制衣服，借以维持生计。唧唧复唧唧。从此，小屋子便多出了一种经年累月断断续续的叹息似的声音。我随父亲多年，习得一点岐黄之术，将平日用的书桌做了诊台；两三年后，居然也就成了大队当局恩许的乡间医生，可以公开为村人看病了。

对于中医这门半巫半医的科学，其实我并无兴趣，只是出于谋生的一种权宜的考虑。当父老乡亲为疾病所击倒，呻吟着向我求救的时候，我并没有能够给他们以必需的技术。回想起来，除了抱愧，又能做些什么，可以弥补从前的罪愆？而他们，却以天性的淳良，温存和感激，以贫困，以无边的疾苦，忍耐力，满含希望的挣扎，以许许多多惊心动魄然而平淡无奇的故事，感动我一生！

做了医生以后，在乡间的地位就稳固许多了；至少，公社下来巡察的官员，不再用一贯的不祥的眼光看我。我曾经不只一次地对自己说："要是一生能平稳地做一个农民，就是最大的幸福了！"殊不料，所谓幸福，它的降临是如此容易。多年以后，我才看得明白：革命与反革命，荣誉与耻辱，幸福与苦难，原来都在掌权者的一点头与一挥手之间。

地位一旦获得改善，人就变得容易同现实妥协了。那时，许多在"文化大革命"中覆没的刊物渐次露出水面；对于一直迷恋文字的我来说，这无异于神话中的水妖的诱惑。不久，我的组诗便打印成了铅字，头一次进入省城刊物。仅仅是梦幻的一闪烁，接着，两篇已获刊用通知的文稿，便因“政审”问题而被编辑部先后退了回来。“大道如青天，我独不得出”。发表作品的权利被剥夺了。其实，无论何种气候，都不需要徒有帮闲之志的奴才表达所谓的“第二种忠诚”。

我再次经受了一个“精神弃儿”的苦痛。

我开始怀疑革命。后来我想，真正懂得革命的，往往不是它的敌人，或者坚定分子，而是信仰它，服膺它，为它奔走呼号，甚至出生入死，而最终为它所抛弃的人。

大约一个人，也只有在无路可走时才可能回到他自身去的吧？我为自己背叛了土地和人民，一度忘情于虚假的歌颂而感到羞惭、屈辱和难过。我凝视黑暗，努力看清神圣的因而多少显得有点神秘的事物。过去多少遍阅读鲁迅，直到这时，才觉得读懂了《夜颂》，以及他的那许多写于深夜里的篇章；直到这时，才感受到了某种欲望，从来未有过的欲望：诅咒，控告，抗辩……我知道，它们乃来自我体内最深最黑暗的地方。

一天，我请来一位农场的木工朋友，为我的书桌制作一道可供藏匿的夹层，置于桌面与抽屉之间。从此，每临夜静，只要写满一页纸，就悄悄地放进夹层里去……

如果说“雪夜闭门读禁书”是一种快意，那么，深夜闭门写禁书则使人感觉紧张，感觉到一种力，仿佛四周的砖块也都同时有着粗重的呼吸。就这样，我写了一部书稿，一首未完的长诗，十一篇论文；而青春，也就随之暗暗地流走了……

是一个早晨，夜雾未尽，我告别了栖居多年的小屋。

回想远别的因由，除了生活的窘迫，大都市的毋庸置疑的存在仍然是主要的。大都市有博物馆，图书馆，沙龙，现代出版物，凡这些，都只能是小屋里的梦想。七十年代末的春天气息特别浓郁。我多么渴望在一个宽阔自由的现代生活空间里，开拓出一片属于自己的文学的疆土。然而事实上，对于写作者来说，最大的自由，仍然存在于想象之中。陷入大都市以后，反倒愈来愈清楚地发见，我失去的反倒比获得的要多得多了。

就说小屋，它教我勤劳，淳朴，恪守清贫；正是在那里，我学会了抵制，从圣谕，漫天而来的谎话，直到内心的恐惧；在那里，我雄心勃勃又小心翼翼地缔造生活，而从来未曾想到炫耀和挥霍。价值这东西，它是只有通过过去的经验才得以确定下来的，因此我知道，什么是世界上弥足珍重的部分；然而，正是这个部分，眼见它在都市的碾盘中一点一点地粉碎，消失，意欲阻挡而无能为力。想起小屋，就不由得想起都德笔下的磨坊，和那干瘪的戈里叶老板。蒸汽磨粉厂的建成使他变得如同疯子一般。这个背时鬼，不管他怎样极力赞美风力磨坊，人们仍然不理睬他，一样扛着麦袋往厂里跑；又不管他见到麦子时是怎样的号啕大哭，也不会使众人感动。麦子是麦子，磨坊是磨坊。风磨的时代毕竟一去不复返了！

1996年4－5月

油 灯

当木叶尽脱，寒霜骤降，或当朔风怒吼，雨雪霏霏，只须一壶酒，一袭裘，便可浑然忘却季候的严冷。可是，有一种寒意是无法抵御的，人谓曰孤独，谓曰寂寞，谓曰流浪的感觉。这时，我会常常迷失于一个迷茫的梦境：荧荧的油灯光。

少时，家用的油灯是一只小瓦碟，注满了油，外挑一条灯芯，当是“剔开红焰救飞蛾”的那一种。后来换了玻璃做的，且备灯罩，铁制的灯头宛如古代武士的头盔，很威武的样子，但灯光依然十分柔和。每天晚上，我都靠了这柔光和母亲的抚摩入睡。天亮前醒来，母亲到厨房忙活去了，只要瞄见这灯光，犹自觉得留在她怀里，在歌谣的一片盛放的韭菜花间……

大约五六岁光景，我便随同父亲一起到他给人看病的小屋子里睡觉。油灯就放置在大柜台上。借着那灯光，我写字，画画，折纸鹤，用火柴匣子制造卡车，放一种自制的幻灯片子。油灯的周围，总少不了一圈黧黑的脸，土墙般布满裂纹的脸，愁苦然而快活的脸；屋子里漫溢着土烟叶的呛人的气味……而今，脸面都模糊不清了，那些父执辈大概早已经相继谢世了罢？

高小时，我曾经用墨水瓶做过一种油灯：灯头是一枚铜钱，灯芯和灯罩便用纸做，纸罩子足有一尺多高，为防风，用指甲捏了个小圆孔。兴许是自家创制的缘故，所以也就常常擎着它上夜自修去。后来进城念书，受了电灯的光明的蛊惑，放假回来便改用了一种形体较大的油灯了。这种灯叫“笋灯”。在村子里，普通农家是不肯买它使用的，原因是太费油。就在这明亮得颇有几分奢侈的灯光下，我读《楚辞》，读《野草》，读《多余的话》；也读《太阳城》，读《路易·波拿巴的雾月十八日》、《草叶集》和《林肯传》……目睹了许许多多书里的幻想与真实的奇观。而这些，都不是从事农作的人们所知道的。

农人像牛一般地终日埋首于田地。要是大忙时节，天未明就出工了，直到雾霭深垂，才望着村寨的灯火归来。这时，遍身油垢的小灯，便在屋角里静静地迎候它的主人，以柔弱的光辉，替他们洗去一天的劳倦；目送他们走近乌黑的饭桌，在米饭、薯芋和菜汤的蒸腾的雾气里，在绕膝的儿女的喧闹声中，演出一天最辉煌的喜剧；然后，照护他们一个个进入梦乡，如同照护猪圈，鸡埘，牛栏和谷围子……还有一种专供户外使用的油灯，不同的样式，却都一律用玻璃镶嵌，密不透风。这便是风灯，村里人叫作“马尾灯”。在手电尚未普及的时候，它们每晚伴随农夫巡田，喂牲口，或是串门儿。鸡鸣时分，农妇到村边汲水，它们便安静地并立井湄，听亲热的对话，谑笑，和吊桶的有节奏的叮咚声……

灯光荧荧，化出化入，就这样把乡村的夜与昼接连起来，不使沉入黑暗。

四年前，家乡一带开始用电了。由于供电不足和电费昂贵，农户仍然没有废弃油灯。于是，在粗糙的掌上，桌上，墙壁上，照样传递着祖祖辈辈的余辉，恍如祥和、古老的大灵魂，笼庇了一切……

“灯火”一词，本缘油灯而来，今用以泛指一切华美炫耀的现代灯具，实在很不相宜。唯有油灯才有火的光。前后三十年间，我正是从可亲近的灯焰中，感觉到了它的恒在的温暖的。而今，居此大都市，不管对油灯怀有何等的眷恋，都不得不同众邻居一样使用电灯了，正如日中必得做宽泛的笑容，写规矩的文章一样。

时代日渐昌明，对于故乡，我何敢祷祝它继续使用简朴、老旧的油灯呢？唯愿自家往日点燃过的一盏，能够存留而已。

每年清明归去，我都把它重新拿起来擦拭一次，剔净灯芯，灌足煤油，让土黄色的光辉盈满一屋子。然而，在长久的端详中，我暗暗发见：那灯光，确乎比去年又黯淡许多了！

1992年春节

灰灰

禁闭还是敞开？无论对我还是对灰灰来说，都成了严重的问题。

——摘自手记

1

灰灰事件总算有了一个完满的结局。

那是晌午，当我走近阳台，突然瞥见一只大黑蜂在铁笼子里悠然嚼食，而笼门大开时，当是何等的惊骇呵！原来，清洁完后竟忘了关禁，我连声叫了两下灰灰，伸手拍了拍里面的小屋子，丝毫不见动静。妻告诉我，说是适才看不清室内的一个什么东西，随着脚步的响动，向窗外嚓地弹射了出去。我想，一定是灰灰了。可是，窗外全无遮拦，它还能逃到哪里去呢？我立刻跑到楼底，察看可能的形迹；接着上楼，一连叩问了几家邻居，仍然一无所获。回想当时慌乱的情状，不免觉得好笑。世界上多少事情，看似茫无头绪，然而一个偶然的机会就全给解决了，折腾什么呢？

大约我是那类坚持因果论的决定论者，知道等待的虚无；呆过一阵以后，径直跑到水果店里买了一个肥硕的哈密瓜回来，专意掏取灰灰喜爱的瓜子，连同瓜瓤一起盛置于小瓷碟内，试图以气味诱召它。为此，笼门依样半开着，保留仅可容它进入的限度，一旦发现，易于断绝退路。我至今颇奇怪于当初的固执而愚鲁的想法，就是以为灰灰的出走，只是一时的迷误而已；所以，每隔一段时间，便在阳台周围低唤它的小名。我觉得，近来它好像已经颇能识辨我的声音了。要是我对着小屋叫一声灰灰，一忽儿，那窗口就会露出一双圆圆的、乌亮乌亮的小眼睛……

雨夜来临。秋雨带有一种近乎关节炎一般的持久的疼痛性质。听着屋檐的雨声，设想灰灰浑身精湿，颤抖着蜷伏在黑暗的街角，心里不免伤感。这个可怜的小家伙，几天以前，犹自拖了一些纸屑、碎布、毛线条，营造它的暖房；耐心地剥着坚果，或直接衔回到房子里存贮，它早就开始预备一冬的粮食呢！

早上起来，我发现阳台的花盆底下有一块啃啮过的栗子壳儿，不觉暗暗欣喜，立即切了一个新鲜的栗子，摆放在笼门旁边，以便进一步观察。然而，整整两天过去，栗子一点没有被触动过。又过了一天，有一块栗子果然被拖到阳台的另一角去了；但接着，一切安然如故。

悬念一直维持到第六天中午。楼上的邻居打来电话说，近午有一只小松鼠，在他家的阳台上钻来钻去，还把一些花盆的泥土松翻下来；大家动手围捕，结果被它逃脱了。于是，有人提议使用捕鼠器。我是反对的，因为我从来憎恶这种阴险的工具。其实，在拯救的名义下，刺探，宣传，举报，搜索，策划，围堵，截获，前前后后，整个计划充满了阴谋和暴力。这分明是一场诱捕，只是身在其中，不曾意识到或不愿意承认罢了。

次日，对面楼上的邻居站在阳台上，兴奋地高声叫道：松鼠正沿着阳台的边线跑哪！我赶到楼上，它已经不知躲到什么地方去了。这家邻居让我把笼子提了来，在阳台上放好位置；不一会，对面的邻居又叫了起来，说是松鼠走近笼门，瞅了瞅然后跑了。我没有法子，只好抱了一本书坐在沙发上呆呆地看。过了许久，楼上邻居跑下来说，松鼠原来躲在阳台靠窗下面的一个塑料袋子里。我相随到了楼上，从窗口往下看，那儿果然闪动着一双我所熟悉的、圆圆的、乌亮乌亮的小眼睛！我怀着兴奋，屏住呼吸，慢慢探手出去，然后迅即把袋子拎了起来。

所谓“瓮中捉鳖”，想必是同样的一种情境。出口已为大手所把握，作为自由的生物，只好专一往绝路里走。捕获灰灰的一幕，我以为是可记的；其中的戏剧性，至今还使我颇费猜疑。

灰灰在袋子里挣扎不已，我提着袋子犹如提着一个婴儿，心里别别地跳。于是，袋口慢慢松开了，粉红的小嘴巴出现了，圆圆的乌亮乌亮的小眼睛也露出来了。我觉得我再也无力按住袋口，霎时，灰灰扑地跳到了地面上。那儿靠近门口，它只要跑动起来，以它的速度，我是无法追蹑的。然而，就在我轻声叫唤它的名字，俯身捉拿它的时候，想不到就像捡拾一件小物件一样，它竟会那么顺从地落到我的手上！

像苏格拉底那样，面对朋友克力同提出的逃跑问题，那么认真地考虑行动是否符合道德原则之类，在灰灰那里是不会出现的。一定是突如其来的大手把它吓懵了。不然，世界在它的眼中布满杀机，到处都是罗网，逃亡变得毫无意义。还有一种可能是，自由的天性已然驯化，它对主人产生了某种依恋感。总之，它蹲着不动。但当它重新被放进袋子里的时候，就又挣扎起来了。

我不能不实行铁腕政策，直到从容地关上笼门。

2

两年以前。正是冬天。

孩子从学校打来电话说，同伴养了一只小松鼠，时间一长就厌倦起来，要扔掉它，因此请求带回家里喂养。孩子知道我由来憎厌“宠物”，心里想，她的请求，应当是鼓足了勇气的了。我一时犹豫，因为孩子催得紧，只好漫然应道：“好罢。”

对于鼠类，我是怀有成见的。其实鼠类种目繁多，既有制造灾变的，也有不知作恶为何物，喜好和平的族群。松鼠就很友善，绝对无害于他者，像加缪笔下那类史无前例的鼠疫，决不可能由它们制造出来。然而，它们却因此不断受到从鹰，蛇，直到人类的侵害，无端地失去生命和自由。作为一种生物，天性的善恶，是可以从形体上表现出来的。迪斯尼的艺术家创造的米老鼠，原先多少有点虐待狂的样子，为了使它变得温和，便不断修改嘴巴，以弧线代替尖利的锐角，使之带上童稚的特征。这特征，正是松鼠所固有的。据洛伦兹称，在古德语中，像松鼠，还有知更鸟、兔子等带有人类婴儿特征的动物的名称后面，总是连着一个表示昵称的后缀chen。

孩子带回来的松鼠是一个可爱的小姑娘，长着一双圆圆的、乌亮乌亮的小眼睛。孩子为它取名“灰灰”，大约因为毛色的缘故；此外，由于颇受了小主人的虐待，可怜巴巴的，像格林兄弟童话中的灰姑娘一样。以毛色论，其实并不难看，而且背部图案一般有规则地布着深褐色的条纹，应当说是漂亮的，只是弄得很脏乱，恰如穿了一件弄皱了的老旧的连衣裙。在脖颈与前爪之间，有两块地方，露出粉红色的皮肉。孩子解释说，过去小主人用绳子系着它，天天跟随在校园里散步，时间一长，那拉曳过的地方就变得光秃秃的了。奇怪的是，它的两肋总是一闪一闪，永远喘息似的，不知是天生的如此呢，还是受了惊吓的缘故。

家里没有博物学方面的书，不清楚松鼠的活动规律和食用习惯，跑了几家书店，只见到一本关于如何灭鼠的书，沮丧得很。有关的知识，惟靠布封的《动物素描》里的一篇小品。由此，我知道灰灰是怕水的，喜欢吃坚果，于是，轮换着给它买松子、葵花子、杏仁、栗子，还有瓜子，还有玉米；以及梨，苹果，哈密瓜，各种瓜果的籽仁，后来发展到进口的美国榛子。

开头一两周，也许不大适应环境的变迁，灰灰常常蜷伏着，不大活动，为此我老是担心它害病。大约一个月过后，找到一个以贩卖小鸟为生的人，给灰灰特做了一只大笼子，里面装上木条，供作攀援之用。因为天冷，妻用厚纸粘制了一座小屋子，开了门窗，显得很雅致。灰灰似乎有相当的审美能力，跳上跳下，左瞅右瞅，一会儿就钻进去不出来了。我们给它棉布和毛线等织物，为它安排被褥，它居然可以在里面接连呆上一周，一点没有寂寞难耐的样子。也许，这一切同美学无关，同温暖舒适与否无关，仅仅因为它愿意隐蔽，以躲避周围的世界；至于寂寞不寂寞，则根本不成其为问题。即使走出小屋子，外面是大笼子，难道就不觉得寂寞吗？毕竟，灰灰同我们变得亲近起来了。如果没有这次出逃事件的发生，我可以肯定，这个有关关系史的结论是不会错的。到了后来，它可以任由我抚摸它，爬到我的手掌上吃东西；有时候，为了逗乐，我拿了食物在笼外晃来晃去，它还会随着跳跃不休，像传说中的侠客一般飞檐走壁，直至倒立于笼顶。大约在感觉不到四周的敌意的时候，它是活跃的；但也惟有在这样的时候，才会恢复恬静的常态。比如在炎热的夏日，它就喜欢睡在靠近屋里的方向，把身体卷成一团，一动不动地竖起那根蓬蓬松松的大尾巴，恰如家乡常见的壮硕而又秀丽的狗尾草。

终于有一天，孩子兴奋地说："灰灰变胖了！"当它胖起来以后，全身的毛色也变得更光洁，更漂亮。只是脖子下面的一块，怎样也长不出嫩毛来，两肋也跟从前一样，喘息般地一闪一闪，一闪一闪……

3

灰灰奥德修斯般的流亡归来，并没有雄心勃勃地重建家园，像史诗中的英雄那样；却一直深匿不出，三天过后出来享受阳光，也还是一副怯怯的样子。依样的阳台，依样的笼子，依样的房间和粮食，如果它乐于重新获得这一切，即使不唱颂歌，也当做出感恩的动作，为什么郁郁寡欢呢？像这样完全无须乎关心温饱的小康生活，还不感到满足吗？生活对它意味着什么？我不能不陷入深深的思虑之中。长达数天的寻找，就像攀登一条神秘的山路；灰灰在前头导引着我，在它回到笼子的当天，或者说，就在我关上笼门的瞬刻，突然一个拐弯，竟被它带到一个完全陌生的，云雾重重的世界中来了。

“来吧，看看我的灰灰！”

以往，如果有客人到访，我必定把他带到阳台，观赏灰灰的天真的形貌，直立的坐姿，敏捷的动作。接着下来，我会向客人叙说灰灰的生活习惯，介绍我们供给它的一切，从住房直到多种食物。其实我所做的，无非当众展览自己的征服物，传播一种古老的奴役精神及变相的专制形式而已。

作为灰灰的主人，首先要弄清楚的是，我以什么样的名义把它置于我的当然的控制之下。这里有一个主体问题。什么是世界上最宝贵的东西？对灰灰来说，不问而知是自由的权利；对我来说，则是支配权，秩序感，拯救意识，诸如此类。如果一切理由都将无补于灰灰的自由，那么我必须全部放弃。我不可能代表灰灰。我得承认，我没有代表权。比如，一个树洞与一个纸糊的房子，一枚酸果和一枚进口榛子，一片草地和一只铁笼，我能代表灰灰在两者之间选择哪一种呢？如果灰灰宁肯选择自由的流亡，我能替它选择安定的居所吗？灰灰是喜欢攀援的，喜欢大树和自然，喜欢蔚蓝而且蔚蓝的、永远旋转着的无边际的天空，我能够给予它什么？记得布封在他的书里说到松鼠的家只有一个朝上的入口，还有一位著作家写到松鼠总是喜欢在它的住所的顶部挖出一个小洞，都在说明：松鼠要获得天空，这是命中的事。在已经因为破旧而被换掉的两幢小房子的顶部，灰灰一样咬出洞口来，只是所在的方向并非天空，而是坚硬的水门汀！

沉闷呵！没有幸福和自由，

漫长的黑夜没有尽头……

灰灰所匮乏的，只是它所失去的，也即是为我和别样的人们所一再剥夺的。我们有什么资格把偿还的一切称作施予呢？何况所谓施予，只是极少一部分沾带了人气的物质；至于孤独，忧郁，致命的无聊，都是原先所未曾经验过的。而现在，它必须艰难嚼食这些，而且不会间断。

爱是什么呢？著名的伦理学家弗莱彻说："爱同公正是一回事，因为公正就是被分配了的爱，仅此而已。"这种分配是上帝的分配，即是天赋的权利，所以是平等的。如果爱是施予的，恩赐的，是一种名分，就不可能保证免予匮乏。且说灰灰，它的进食，也都因为主人的工作、休息、假日的节奏而常常受到影响。由于没有安全感，它不能不收藏食物。据说，所有的松鼠都喜欢收藏，作为一个传统，大概这同一个弱小的种族有关。其中的辛酸与苦痛，决非阔气的族类可以体会。整个世界不堪信任，我凭什么赢得灰灰的好感？即如我站在笼子旁边袖手观赏它，我能说，这同尼禄王坐在角斗场上方观看奴隶的流血表演是不同的两回事吗？

如果说，我爱灰灰，就必须给灰灰以自由。关于自由，斯宾诺莎在《伦理学》中说道：“凡是仅仅由自身本性的必然性而存在，其行为仅仅由它自身决定的东西，就叫做自由。反之，凡一物的存在及其行为均按一定的方式为他物所决定的东西，便叫做必然的，或受制约的。”自我决定是一种不可让渡的权利。然而，这仅仅是人类的原则，而根本不适用于鼠类。灰灰就没有自主权。其实，就人类自身来说，也并不见得解决了自由主权问题。洛克在三百年前的议论，至今看来，仍然是天真的想象。他说：“每个人都是他自己的一个财产，对此，除他之外任何人都没有权利。”人类往往立法是一回事，实际做的又是一回事，但是在字面上总算承认了个体的权利与尊严；对于动物，则毫无尊重可言，大可以随意蹂躏。正如盖阿斯《法典》所述：“如果我们捕获了一个野生动物，一只鸟或一条鱼，那么我们如此捕获的东西就立即成为我们的，并且一直是我们的，只要它仍旧是在我们的掌握之中。”动物的厄运，正在于人类权力意志的介入。连智者康德，也都认为人的目标可以压倒对动物行善的考虑，有什么可能阻止弱肉强食的合法化呢？直到最近，才听说有动物解放运动的兴起。有一个称为“保护动物立法协会”的组织成员斯蒂文斯，向听证会提供关于动物的处境的照片；其中，有些动物就像灰灰一样被关在铁笼子里。他当场大声吼道：“我们没有任何权利，为了任何目的而把这类痛苦强加给动物！”这是一个卑微的声音，但也是新异的声音。我深深地被感动了。

比起数百年前英国等地的许多在表演中被折磨致死的猎物，暹罗的斗鱼和斗鸡，射击俱乐部里的活鸽子，化验室里的豚鼠和小白鼠，灰灰应当是幸福的。但是，“不自由，毋宁死”，我们怎么可以把“一切为了活着”这样一个卑贱的人类观念强加给至今为我们所不理解，而且拒绝理解的生物呢？只要不从根本上解决自主权问题，只要自由意志可以随时被剥夺，只要通过强制的手段而使生命脱离其自然状态，那么，所有关于生存权以及其他权利的伟大、庄严的理论，都是赤裸裸的谎话。对于灰灰，只要禁闭着，我的保护就是占有和统治，我的关心就是十足的监视，我为它构筑的安全系统，也就变成了永远发出危险信号的恐怖系统。比较天才的驯兽师，我的驯鼠手段无疑是拙劣的；但是，只要仍然禁闭着，我相信，灰灰终有一天要成为我所创造的“驯顺的肉体”。

自由是多么艰难。所以，这就是灰灰决然出逃的理由吗？或者，这就是它所以重新回到笼子里来的理由吗？

灰灰的命运，惟在自由意志的坚持与放弃之间。

4

铁笼是一种圣物。

铁笼无论置放在哪里，也无论体积大小，一样是威严的存在。大约人类是需要秩序的，所以，只要想到动物，就会想到笼子。从大铁笼横立在阳台的那一天起，我一点也不曾察觉到自己周围的世界多出了什么，仿佛从来如此。至于灰灰，它是跟随它的母亲或是众姐妹在森林里快活地奔逐时，突然遭到逮捕的呢？还是像人类中的小奴隶一样，刚刚睁开眼睛，便同时看见了母亲和囚笼？但是，即使在这时，也仍然会有关于森林的故事和歌谣，进入它的小小的野性的心灵里。这就是乌托邦。如果没有那一片向无尽展开的梦幻般的色彩、声音和气息，灰灰为什么要逃跑呢？

可以肯定，灰灰是憎恨笼子的。此刻，我真的有点不敢像往常一样，正对铁栅后面那双圆圆的、乌亮乌亮的小眼睛了。

囚犯对于空间何等敏感。监狱被喻为牢笼，生活在专制的时代的人们，便也把自己和同时代人说成是“时代的囚徒”，这样的字眼，在酷爱自由的俄罗斯诗人那里最常见到。《国际歌》在工人运动中流行一时，对于我们国家中每个识字的公民，都会像熟悉领袖一样熟悉它。其中有一句歌词，就是：“让思想冲破牢笼。”生活和思想着的空间怎么可能是有限的呢？我读过伏契克的《绞刑架下的报告》，读过库斯勒的《中午的黑暗》和别的一些关于监狱生活的小说，有一个细节是大家重复使用的：从窗子到门是几步，或者从门到窗子是几步。这就是空间感。我还读过相当一些歌吟被囚的猛禽和猛兽的诗，它们总是通过空间的描写，去表现被激发或被消磨了的自由意志。里尔克写巴黎动物园所见的豹：“它好像只有千条的铁栏杆，千条的铁栏杆后便没有宇宙。”也许因为躯体庞大，空间相对逼窄，所以自由问题显得特别突出。至于容纳一只小鼠，则无所谓笼子的大小了；在诗人看来，空间这个词，用在小动物的身上怕也是大而无当的。

对生存者来说，空间与时间具有相应的比例：空间愈有限，时间愈是多余。所谓多余，显然超出了有意义的限度。先民为土地所囚，“日出而作，日入而息”，如此周而复始，昼夜的交替是没有意义的。及至现代，“惯于长夜过春时”，季节在恒定的黑暗中辗转不也一样的没有意义吗？像鲁迅这样的汉子，竟至于“无怨于生，亦无怖无死”，慨叹说“花开花落两由之”，我当如何为别样的生存者辩护？何况灰灰！

灰灰的世界惟是笼子的世界。笼子的世界没有春天。我颇鄙夷自己作为自由设计者的角色，为灰灰购置大铁笼，自以为改善了它的环境，由束缚变得宽松，殊不知两者仅是一步之遥。亚里士多德说，人类从城邦迁往城市，是因为城邦使我们生存，而城市能够使我们过上好的生活。灰灰从小笼子迁往大笼子，并不见得有什么变化；无论大小，只要笼子存在一天，它就必须照常过禁闭式的生活。权力哲学家福柯研究精神病，研究监狱，在此基础上进一步研究国家。他发现了权力结构的一致性。在他的书里，重现边沁的“透明监狱”。灰灰所在的监狱完全符合永恒监视的原则，不同的只是方形而非圆形，缺少一座中央瞭望塔而已。在一个监视和约束的环境下生存是痛苦的，精神不可能是健全的。对于神经已经严重受损的患者，福柯反对隔离禁闭的一贯的作法，而主张积极的治疗。所谓治疗，实际上是设法避开权力的注意而已。福柯说：“权力只实施在自由主体之上，而且仅当他们是自由的。”权力是持续的、无声的战争，战败者惟是无数的自由主体。我读过一部西方人写的关于集中营生活的书，作者抱怨说，其中最难堪的是没有个人隐私性的存在。而监闭在个人囚室里的犯人，完全隔绝了同类，毋宁说更为惨苦。我所知道的中国一些名人，如王实味，胡风，张志新等，都是在长期关禁在洞穴或小号里最后致疯的。所以，像纳粹一样的极权主义者总是一方面使全国成为一个兵营，思想行动一体化；另一方面又极力把人们分隔开来，使之失去可能的联系、依靠与援助，成为砍伐过后的森林墓地里的一个又一个孤零零的树桩。

对于具有遗传、传统和群居习惯的生物来说，绝对孤独无异于死亡。灰灰又何尝能够逃离这种境遇。达尔文有一本书，名字叫《人和动物的情感》，里面对动物的丰富的情感描述，使我读后非常惭愧。应当承认，我对灰灰的情感世界的体察是粗陋的。然而，即便如此，它的孤独感仍然能够让我强烈地感觉到。

每天，夕阳西下的时候，灰灰几乎都是赴约一般地，准时来到靠近阳台外侧的角落。其实，没有约会也没有等待，它只是静静地蹲下来，一动不动地凝望远方，享受最后一缕夕光。从它的背面看去，是依然可以见到扇动着的两肋的，使我惘然记起儿时在乡下所见的紧挨在墙根晒太阳的老人。陆游有一首诗，描写南宋期间村中说书的场面，说书人正是黄昏里负鼓登场的盲翁。“身后是非谁管得，满村听说蔡中郎。”那场面是热闹的，非灰灰的情境所可比拟。

为了驱除灰灰的孤寂，妻提议再买一只松鼠，给灰灰找个伴儿。这是一个严重的问题。如果没有了异性，灰灰确乎不可能尝试甜蜜的爱情。在小说《一九八四》里，作者在一个高度控制的单调枯燥的环境里，还给主人公温斯顿安排了一个裘莉亚；她起誓“要做一个女人，不做党员同志”，也就是这个意思。但是如果有了异性，很快就会繁衍出一个大家族，诸如房子、食物、计划生育问题将接踵而至。由于陷入这样两难的境地，事情只好一直拖延下来；而灰灰，当然要继续过它的独身生活了。

假如灰灰真的找到了伙伴，同志或集体，便一定可以找到世间的幸福了吗？

铁笼是无法跨越的。

5

我不止一次想过，在我与灰灰之间，应当有一场友好的对话。

我会说：灰灰，请相信我，把心里的话告诉我。你是否已经学会适应笼子里的生活，还是想念大森林？如果你决心不要安定而要自由，而我又是一个废奴主义者的话，那么，笼门可以为你敞开；可是那时候，你在失去保护和指引的情况下，能够找到通往自由的道路吗？首先，你将如何对付对面房子的那只大黑猫？从这里到森林公园还有很远很远的路程，中间是纷沓的皮鞋和飞旋的车轮，你又将如何顺利通过而幸免于难？当你回到绿色世界去以后，想必找不到母亲和别的亲属了，生活中的许多问题只能由你独自面对，然而，长期的供给制已经使你变得十分低能，你在剧烈的竞争中能找到食物吗？何况周围还有那么多天敌……

实际上，对话从一开始就无法进行，它听不懂“灰灰”。这是我们给它的名字，不是它原来的名字；很可能的是，它根本连名字也没有。

在两个不同的阶级，集团或个体之间，对话几乎是不可能的。对此，福柯的结论很悲观。“我们非常清楚地知道，”他说，“我们没有谈论一切的自由，我们不可能谈论我们时时处处热衷的一切，一言以蔽之，恰恰是任何人都不可能谈论任何事。”他提出一个“禁律”的概念，认为话语中存在着一种排斥程序；话语是服从禁律的，而禁律又为权力所支配。这是无可奈何的事。古远的不说，在近代，以和平对话著称于世的政治人物，屈指可数的有东方的甘地和西方的马丁·路德·金。然而，恰恰是这两个人物，他们的对话都同样为无声的刺刀所中止了。经过纳粹和二战的劫洗，以及技术发展的威胁，像哈贝马斯这样的批判的思想家，也开始热衷于构建新式巴别塔——社会交往理论，一种关于人类广泛对话的理论。德国哲学家总是带有那种喜欢给出系统答案的嗜好。把政治学无法解决的一大堆难题交给语用学去解决，这是可能的吗？如果不曾改变言说者的条件，系列相关的情境要素，叫言说者如何言说呢？灰灰无法言说。由于它作为奴隶、囚犯、被统治的地位没有变化，我们之间的平等对话与和平交往，自然成了奢侈的设想。现代权力学有一个契约问题。我与灰灰恰恰不曾有过任何契约，占有与统治，原出于一方的强制，而无须经过另一方的同意。在不存在共同体的情况下，根本不可能实现交换的原则，而只能贯彻允许的原则。允许是权力者的特权，作为无权者，灰灰能说什么？如果允许它也能保持一项允许的权利的话，那么，它当允许自己保持沉默。

事实上，灰灰一直沉默着。

布封在书里说松鼠的叫声响亮而尖锐，在它愤怒的时候，还会发出低吼。奇怪的是，自从灰灰随同一只铁笼子来到我家阳台的那一天起，我就不曾听到它的声音。它是一个天生的哑巴呢？抑或由于过度的绝望所致？所有被囚禁起来的松鼠都是沉默不语的吗？

事情总不会在布封那里出错，我想。

6

存在哲学家萨特说：“戴着锁链的奴隶和他的主人一样自由。”所谓奴隶的自由，无非在顺从与反抗之间，二者可以择一。可是，当奴隶处于绝对劣势的情况下，也就是说反抗不可能获胜，这时，行动会是有意义的吗？譬如灰灰，惟一可以使用的武器就是自身的小小牙爪，反抗的无效带有决定的性质，除了逃跑，实在别无选择。正如福柯所宣称的：囚犯的首要任务就是设法越狱。可悲的是，灰灰的越狱行动没有成功。

奴隶获得自由的另一种可能，就是主人对统治的主动放弃。回到动物和人的关系上来，也不能说，这是绝对无法实行的事。早在十八世纪，富于反抗思想的法国思想家梅特里在名著《人是机器》中，把人的道德感和动物的感情相提并论，极力宣传全体动物，包括人类在内所应遵循的“自然法则”。关于动物解放的理想，如同社会解放运动一样向前推进。这些为动物中的无权者和弱势者辩护的思想家和实践家，站在人类战争的废墟上，要求取消人类在自然秩序中的统治地位，无论如何是令人鼓舞的。他们把“终极的民主”推向动物界和植物界，环境伦理学家罗尔斯顿说：“我们在此提议的是扩展价值的范围，从而使得大自然不再仅仅是财产，而是变成一个联邦。”这才是真正的共和国。人类理想的实现，包括抛弃由来的惰性和罪恶，是需要一定的社会压力的参与的。对于动物解放运动，作为人类的一个分子，我有理由表示质疑；但是，如果从中产生了新的契约原则，而且是规定必须恪守的，那时就不必等待善意和良知的发现才去解放它们，而是无条件的解放，就像当年美国随着《解放宣言》的发布而兴起的废奴运动一样。

当然，这是相当遥远的事情；借用马丁·路德·金的说法，或者只是一个梦想罢。

几天前，孩子向我讲述一个从朋友那里听来的关于松鼠的真实故事。故事是美好的，它同梦想有关；但是，设若变换了其中的人物，情节和结局都可以变得很两样。

故事说，京城里有一对诗人夫妇，跟我们一样用铁笼子养了一只小松鼠。有一天，他们突然想到要放走它，于是把笼子提到老远的西山去。他们来到大树林前面的草坪上停下来，打开笼门，小松鼠便闪电一般地消失了。约摸过了三个钟头，他们要回城里去，于是向着树林高叫小松鼠的名字，大约是告别的意思吧。小松鼠突然蹦了出来，围着笼门转来转去。诗人说：“要是想跟我们一块走，就回到笼子里去；要是没有这意思，尽管走你的路好了。”小松鼠瞅了瞅诗人，再瞅了瞅笼子，接着，又闪电一般消失在树林里了。噢，让灰灰也到那里去！让它奔跑，跳跃，在绝无人迹的远方……故事使人顿时萌生了仿效这位诗人的念头。我对孩子说，现在天气太冷，等度过这冬天，我们就一块到山里去，为灰灰举行隆重的解放仪式吧。孩子非常高兴，立刻跑到笼子跟前，冲着小屋子嚷道：“灰灰！快解放了！快解放了！”

等到春暖花开的时候，天知道会不会突然改变了主意呢！

2000年11月30日

编后记

子曰：“逝者如斯夫，不舍昼夜！”

时间有如逝水一去无迹，所以，过往的记忆总是令人珍惜。正如普希金诗里所写，哪怕日子充满苦痛，在记忆之中，也将变成亲切的怀恋。

记忆有两种：集体记忆和私人记忆。前者指社会事件，社会生活，构成为个体生存的外部环境，后者关于个人的人际关系及日常生活，有许多不为人知的隐秘的内容。与个人生活密切相关的记忆是亲近的、细密的、深入的，往往刻骨铭心。社会上的事情要为个人所铭记，大抵与个人命运相关联，故能唤起切身的感受，从而使生动的细节得以保留。

这个集子，所选多是对已故人物的回忆，其中又多是自己的亲人和师友。母亲故去已逾十年，至今未曾为她写下一点记念的文字，是我最感愧疚的事。对于记忆深长的部分，本意等候一段安静的日子到来之后慢慢地写 ，然而累月经年，一直生活在芜杂和焦躁之中，结果只好延宕着不曾着笔。

集子中多出两位“公众人物”：王实味和遇罗克。一个是前革命时代的人，一个是同龄人，经历过文化大革命，但都同样以文字罹难，仿佛是历史峡谷中的一个意味深长的呼应似的。他们于我，并不像其他的人那样有着实际生活中的联系；所谓“文字缘同骨肉深”，阅读他们的文字，却使我切实地有着一种亲缘的感觉，而不曾间断精神上的往来。

远别的小屋，油灯，松鼠，也都是我所怀念的。在此，我不由得想起庄子的“齐物论”。在个人的情感世界里，无所谓伟大与平凡的绝对限界；最卑微的事物也可以成为圣物，一样有着恒久的炫目的光辉。

2014年5月3日

图书在版编目(CIP)数据

远去的人/林贤治著.—上海:复旦大学出版社,2014.9
(微阅读大系.林贤治作品3)
ISBN 978-7-309-10800-2

Ⅰ.远…　Ⅱ.林…　Ⅲ.散文集-中国-当代　Ⅳ.I267

中国版本图书馆CIP数据核字(2014)第143039号

远去的人
林贤治　著
责任编辑/李又顺

复旦大学出版社有限公司出版发行
上海市国权路579号　邮编:200433
网址:fupnet@fudanpress.com　http://www.fudanpress.com
门市零售:86-21-65642857　团体订购:86-21-65118853
外埠邮购:86-21-65109143
浙江新华数码印务有限公司

开本850×1168　1/32　印张6.75　字数108千
2014年9月第1版第1次印刷
印数1—4 100

ISBN 978-7-309-10800-2/I·845
定价:28.00元